पेंगुइन स्वदेश

अलिफ़ लैला हज़ार दास्तान

अमृता प्रीतम पंजाबी के सबसे लोकप्रिय लेखकों में से एक थी। अमृता प्रीतम का जन्म 1919 में गुजरांवाला पंजाब (भारत) में हुआ। उनका बचपन लाहौर में बीता और शिक्षा भी वहीं हुई। किशोरावस्था से उन्होंने लिखना शुरू किया। उन्होंने कविताओं की 100 से अधिक पुस्तकें लिखी, साथ ही फिक्शन, बायोग्राफी, आलेख और आटोबायोग्राफी लिखकर साहित्य में नया मुकाम हासिल किया। इनकी तमाम पुस्तकों का कई भारतीय भाषाओं सहित विदेशी भाषाओं में भी अनुवाद हुआ। अमृता प्रीतम पहली महिला लेखिका हैं, जिन्हें 1956 में साहित्य अकादमी पुरस्कार मिला। 1982 में उन्हें *कागज ते कैनवास* के लिए ज्ञानपीठ पुरस्कार मिला। 2004 में पद्मविभूषण भी प्रदान किया गया।

अलिफ़ लैला हज़ार दास्तान

अमृता प्रीतम

पेंगुइन स्वदेश
पेंगुइन रैंडम हाउस इंप्रिंट

पेंगुइन स्वदेश

यूएसए। कनाडा। यूके। आयरलैंड। ऑस्ट्रेलिया। सिंगापुर
न्यू ज़ीलैंड। भारत। दक्षिण अफ्रीका। चीन

पेंगुइन स्वदेश, पेंगुइन रैंडम हाउस ग्रुप ऑफ़ कंपनीज़ का हिस्सा है,
जिसका पता global.penguinrandomhouse.com पर मिलेगा

पेंगुइन रैंडम हाउस इंडिया प्रा. लि.,
चौथी मंज़िल, कैपिटल टावर-1, एम जी रोड,
गुरुग्राम 122 002, हरियाणा, भारत

पेंगुइन
रैंडम हाउस
इंडिया

प्रथम हिन्दी संस्करण हिन्द पॉकेट बुक्स द्वारा 2000 में प्रकाशित
प्रस्तुत हिंदी संस्करण पेंगुइन स्वदेश में पेंगुइन रैंडम हाउस द्वारा 2026 में प्रकाशित

10 9 8 7 6 5 4 3 2

ISBN 9789353494957

मुद्रकः रेप्रो इंडिया लिमिटेड

www.penguin.co.in

FSC
www.fsc.org
MIX
Paper from
responsible sources
FSC® C047271

This is a legitimate digitally printed version of the book and therefore might not have certain extra finishing on the cover.

ये दास्तानें

कहते हैं, किसी ज़माने में एक राजा था, जिसे एक शौक़ आया, कोई इतनी लम्बी कहानी सुनने का, जो कभी ख़त्म न हो...

शहर-शहर, गांव-गांव राजा के इस शौक़ की इत्तला दी गई, और साथ ही यह भी कहा गया कि जिसकी सुनाई हुई कहानी राजा साहब को सबसे अच्छी लगेगी, उस सुनाने वाले को बहुत बड़ी जागीर दी जाएगी...

कहते हैं, दूर-पास के कई लोग आने लगे, राजा को खुश करने के लिए, लेकिन कोई भी इतनी लम्बी कहानी न कह पाया कि राजा से जागीर ले सकता...

और उस वक़्त एक आदमी आया, बहुत सादा-सा, सादा-से कपड़े पहने हुए, लेकिन एक गम्भीरता को लिए हुए था। इसलिए उसे इजाज़त दी गई—राजा के दरबार में आने के लिए। उस आदमी ने आते ही निहायत संजीदगी से झुककर राजा साहब को सलाम की और कहने लगा—"हुजूर! अगर आप इतनी लम्बी कहानी सुनना चाहते हैं, जो कभी ख़त्म न हो, तो उठिए, चलिए, हम इस दुनिया को देखने भी जाएंगे, सुनने भी। यह दुनिया ख़ुदा की वो कहानी है जो कभी ख़त्म नहीं होती..."

और इसी पहलू को लेकर, मैं इस छोटे-से संग्रह को नाम दे रही हूँ—अलिफ़ लैला : हज़ार दास्तान...

हज़ार लफ़्ज़ तो छोटी-सी गणना है, एक संकेत-सा, ख़ुदा की यह कहानी, कभी ख़त्म न होने वाली कहानी है...

मेरे सामने वक़्त की भी सीमा है और कुछ कहने और सुनाने की सीमा भी, इसलिए इन दास्तानों को मैंने सिर्फ़ दो पहलुओं से लिया है...

एक—कुछ उन नामदार लोगों की दास्तानें, जो ज़िंदगी के प्याले का एक-एक घूँट पीना जानते हैं और एक-एक घूंट की दीवानगी को झेलते हैं। और साथ ही कुछ उन लोगों की दास्तानें, जो ख़ामोशी की गलियों से गुज़रते हैं और जिनका नाम किसी की ज़ुबान पर नहीं आता...

दूसरा पहलू—उन दास्तानों का है, उन लोगों की ज़िदंगी की बात, जो क़ुदरत की बेइंतहा शक्तियों की परछाइयां देखते हैं। हैरान-से देखते रह जाते हैं, लेकिन कायनात की किसी शक्ति का रहस्य किसी की पकड़ में नहीं आता...

इश्क की वो पहली दास्तान थी—
जब आदम और हव्वा बीबी अदन बाग़ से निकाले गए...
और तब से इंसान की ज़ात में—
मुहब्बत की दास्तान चलती रही...

ये सब गाथाएं किसी गणित के हिसाब में नहीं आएंगी...इसलिए, आज की दीवानगी के आलम की बात करने के लिए ये मुट्ठी-भर अक्षर इन काग़ज़ों को दे रही हूं...

कभी किसी ने कुछ ऐसे ही अक्षर भोजपत्रों को दिए होंगे और उससे भी पहले कुछ शिलाओं-पत्थरों को दिए होंगे और उससे भी पहले बहती हुई हवा के बदन पर लिखे होंगे...लेकिन दीवानगी के लम्हे, जो आज भी लोग जीते हैं—उनमें से कुछ देखी और सुनी घटनाएं यहां दे रही हूं।

—अमृता

आदम और हव्वा की एक झलक

जाने कब की बात है जब अदन बाग़ से पहली बार आदम और हव्वा इस धरती पर आए थे, और उस दिन मुझे लगा—आज उनका साया मेरे सामने खड़ा है...

बात इस तरह हुई कि जब मैं ताजकिस्तान गई थी वहां कितने ही शायर और अदीब मुझे लेने के लिए एयरपोर्ट पर आए हुए थे। उनमें मिर्ज़ा तुरसनज़ादे भी थे, जो अपने वक़्त के एक माने हुए शायर थे...

मैंने होटल में ठहरना था और वे लोग मुझे वहां छोड़कर जाने लगे तो मिर्ज़ा तुरसनज़ादे ने कहा—

"आज दोपहर बाद हम लोग जंगल में जाएंगे, वहां वर्ज़आब नदी के पास एक लेखक-घर बना हुआ है, वहीं बैठकर शेरो-शायरी की बातें करेंगे..."

पता चला वहां एक कोठरी में बड़े-बड़े बरतन पड़े रहते हैं, और जब शायरों-अदीबों की कोई महफ़िल होती है, वे लोग खुद ही उन बरतनों में चावल पकाते हैं, सालन बनाते हैं, और साथ में रखी वाइन लेते हुए जंगल में गाते हैं...

दोपहर बाद जब हम लोग वहां चले, तो बहुत लम्बी-लम्बी सड़कों से गुज़रते हुए एक नदी के पास पहुंचे, जहां से वो रास्ता मोड़ काटता हुआ जंगल में दाख़िल होता है। देखा, वहां उस नदी के किनारे लकड़ी की एक कुटिया-सी थी, हरे रंग की, जैसे जंगल के पत्तों ने अपना रंग उस पर बिछा दिया हो...

वहां सभी गाड़ियां रुक गईं। हम लोग गाड़ियों से उतरे और उस हरी कुटिया की ओर जाने लगे...

देखा, एक कश्मीरी मर्द पट्टी का कोट पहने कुटिया से बाहर आया और हाथ से सलाम कहता हुआ बाहर पड़ी हुई मेज़ पर कुछ फल रखने लगा...

इतने में कुटिया में से एक औरत बाहर आई, सिर पर सफ़ेद पटका-सा बांधे हुए और गले से पैरों तक एक सफ़ेद चोगा पहने हुए। वो नदी के बहते पानी से एक बड़ा-सा बरतन भर लाई थी, मेहमानों के पीने के लिए...

पता चला—क़रीब पचास साल पहले यह कश्मीरी नौजवान किसी काम से यहां आया था और नीली आंखों वाली इस हसीना से मिला तो लौटकर अपने देश में नहीं जा सका...

महकमा जंगलात ने उन दोनों की गुज़र-बसर के लिए उन्हें यह काम दिया कि जंगल में आते-जाते मुसाफ़िरों को, ज़रूरत पड़े तो चाय-पानी दे दिया करें...

और पचास सालों से वे दोनों यहां बैठे हुए हैं। कश्मीरी मर्द अब भी उसी तरह पट्टी का कोट पहनता है और नीली आंखों वाली उसकी ताजिक औरत उसके लिए चावल-भाजी रांधती है...

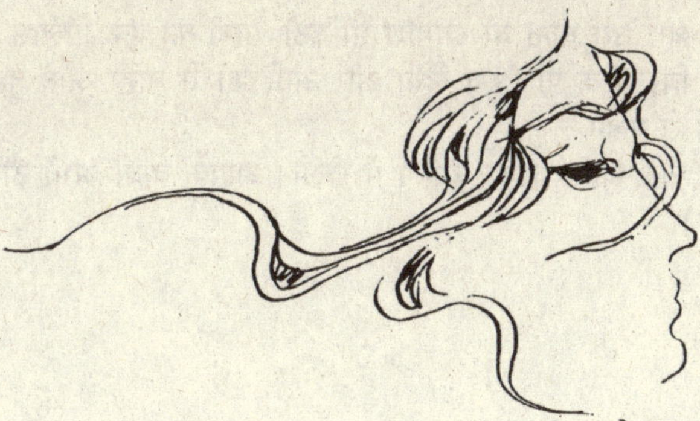

ख़ामोशी जब टूटती है

देवेंद्र जी आकाशवाणी, दिल्ली में प्रोड्यूसर रहे हैं। अब रिटायर्ड हैं। अभी पिछले दिनों की बात है, जब एक फ़ोन आया। उन्होंने उठाया और आवाज़ पहचानकर उनके बदन में कम्पन की एक लकीर उतर गई...

यह आवाज़ थी जो वे पचास साल पहले सुनना चाहते थे। और ज़िंदगी के जो पचास साल एक ठंडी ख़ामोशी में उतर गए थे, उस दिन बदन में एक आग की तरह जलने लगे। और वे ज़ोर से बोले—

"वो मर गया...वो मर गया..."

फ़ोन का रिसीवर हाथ से छूट गया, और उम्र का तकाज़ा भी और घर का माहौल भी...

उस वक़्त घर में उनकी पत्नी भी थी, उनकी बेटियां भी, और बेटियों के बच्चे भी...जो घर की दीवारों की तरह खामोश-से देखते रह गए।

गिरे-गिरे क़दमों से वे अपने कमरे की तरफ़ गए और अपने बिस्तर पर कुछ इस तरह बैठे, जैसे बैठे नहीं, गिर गए हों..

उनकी पत्नी उन्हें एक दोस्त की तरह मिली थी, उनकी नामुराद मुहब्बत को जानती थी। उसने उनकी उदासी को थाम लेने के लिए ही उनसे ब्याह किया था...उस वक़्त वो खामोश-सी उठी, पानी का एक गिलास लेकर उनके बिस्तर के पास रख दिया और आहिस्ता से बाहर आते हुए सब बच्चों से कहने लगी—

"बेटे, बाहर जाकर आंगन में खेलो। आपके बाबा अभी ठीक हो जाएंगे।"

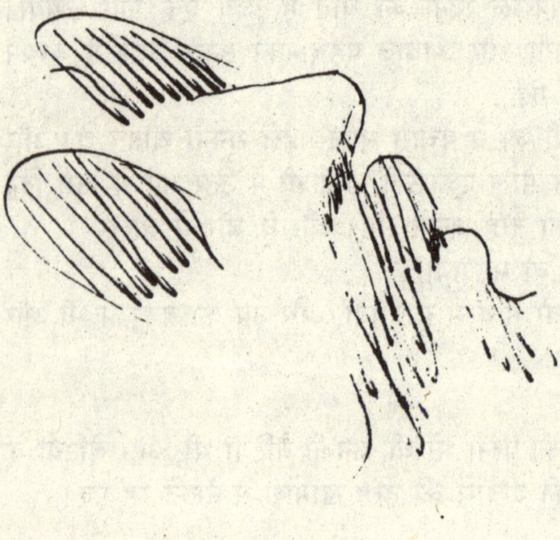

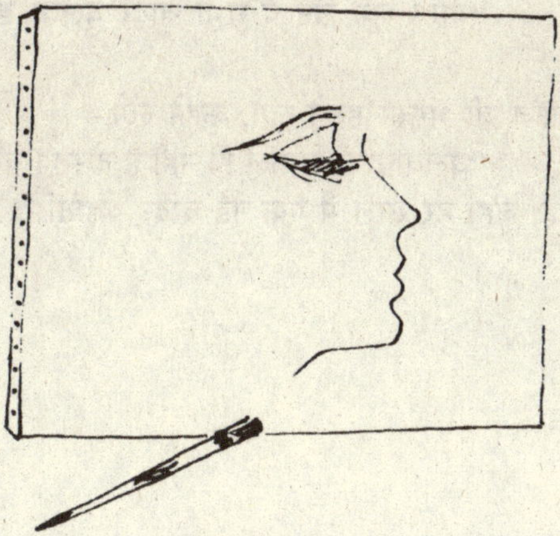

शौक़ की दरगाह

बम्बई के फ़ैज़ साहब अपने वक़्त के एक आला मुसव्वर थे। एक खोली में रहते थे, जहां एक लकड़ी का तख्तपोश पड़ा था, उनके सोने के लिए भी और दीवार का सहारा लेकर काम करने के लिए भी...

जब मैं और इमरोज़ उनसे मिलने गए, खोली की हालत देखी, तो मैंने कहा—

"हम लोग एक कलाकार का तकिया देखने आए हैं..."

पास में पड़ी हुई लकड़ी की एक बेंच-सी थी, जहां हम बैठे तो देखा—फ़ैज़ साहब के तख्तपोश पर जाने कितनी चादरें बिछी हुई हैं—सफ़ेद, पीली, नीली, फूलदार भी, सूती भी, रेशमी भी...

पूछा तो फ़ैज़ हंसने लगे, कहने लगे—

"मैं कभी चादर बदलता नहीं, लेकिन हर साल एक नई चादर बिछा देता हूं..."

इमरोज़ ने कहा—

"यार! एक दिन ये सभी चादरें धुलवा डालो ना!"

फ़ैज़ जी भरकर हंसने लगे, कहने लगे—

"धुलवाने का सवाल ही नहीं है दोस्त! यह तो मेरे शौक़ की दरगाह है, जहां हर साल मैं एक नई चादर चढ़ाता हूं..."

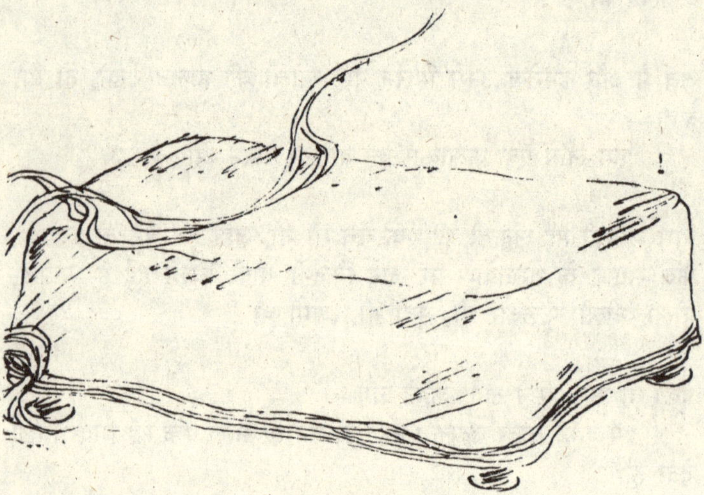

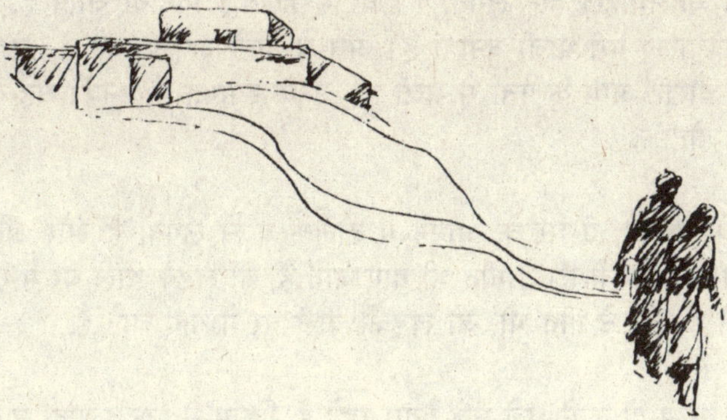

ज़िंदगी का चश्मा

किरपाल कज़ाक पंजाबी के एक ऐसे कहानीकार हैं, जो कहानी को उस मुकाम पर ले गए हैं, जहां उनके किरदार, और ज़ुबान की लज्ज़त, पढ़ने वाले को, अपने साथ कहीं बहाकर ले जाती है...

उनकी शादी को जाने कितने बरस हो चुके हैं, घर में बेटियां हैं, बेटे हैं, और वह हर साल, अपनी शादी की सालगिरह पर, उस भरे-पूरे घर को छोड़कर, सिर्फ़ अपनी पत्नी को लेकर दो दिन के लिए कहीं गायब हो जाते हैं...

वह घर के उस दरवाज़े से नहीं जाते, जो सबके आने-जाने के लिए होता है, वरन् पीछे की दीवार फांदकर निकलते हैं, जैसे वह इस घर की औरत को, सबकी चोरी से, कहीं भगाकर ले जा रहे हों...

कज़ाक साहब खुशमिज़ाज हैं, बड़े दिलनवाज़, इसलिए उनके तीन-चार दोस्त ऐसे हैं, जिनमें होड़ लगी रहती है कि वह इस साल किसके घर जाएंगे...

और जब तय हो जाता है कि वे किसके यहां जाएंगे, उस घर में एक चहल-पहल होने लगती है। घर में हलवाई बिठाया जाता है, जो सबके लिए पूरी-भाजी बनाता है। और वे दोनों वहां पहुंचते हैं, तो घर की चौखट आम के पत्तों से सजी हुई, उनके स्वागत में, उनकी राह देख रही होती है...

उनके पहुंचते ही घर के आंगन में ढोलक बजने लगती है और औरतें गीत गाने लगती हैं। वे गीत भी गाए जाते हैं, जो लड़के वाले घर में गाए जाते हैं और वे गीत भी, जो लड़की वाले घर में गाए जाते हैं...

उस घर में दो कमरे धुले-सजे तैयार रहते हैं, जिनमें से एक कज़ाक साहब के लिए होता है, दूसरा अलग कमरा उनकी पत्नी के लिए, जहां उसे कांच की नई चूड़ियां पहनाई जाती हैं और हाथों में मेहंदी लगाई जाती है...

घर में दो नए जोड़े तैयार रखे जाते हैं—मर्द के लिए रेशम का क़मीज़-पाजामा और रंगीन पगड़ी और औरत के लिए किनारी वाला रेशमी सूट—जो वे लोग नहा-धोकर पहन लेते हैं...

फिर बाकायदा उनकी भांवरें पड़ती हैं। उस वक़्त कज़ाक साहब सेहरा बांधते हैं और उनकी पत्नी घूंघट निकाल लेती है...

दोपहर को कई और दोस्तों को बुलाकर दावत की जाती है और रात उतरने पर उन दोनों को घर का एक कमरा दिया जाता है—सुहागरात के लिए।

उस समय कज़ाक साहब कुछ रुपए और बादाम पत्नी की झोली में डालते हैं और उसका घूंघट उठाते हैं...

फिर सुबह होते ही विदाई के गीत गाए जाते हैं और वे दोनों अपने उस घर में लौट आते हैं, जहां उनके बच्चे उनके इंतज़ार में बैठे होते हैं...

यह सिलसिला बरसों से चला आ रहा है, और अब तक कज़ाक साहब

अपनी पत्नी से शायद चालीस बार शादी कर चुके होंगे।

यह सब सुनाते-सुनाते कज़ाक कहते हैं—

"साल-भर मुझे बदन तोड़कर काम करना पड़ता है, रोटी-रोज़ी के लिए। घर में पत्नी भी रोज़ चौका-झाड़ू करती थक जाती है, इसलिए दो रोज़ के लिए हम ज़िंदगी के चश्मे पर जाते हैं—दो घूंट पानी पीने के लिए।"

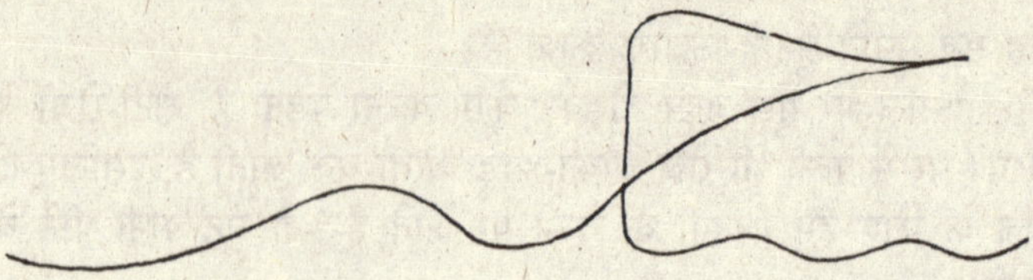

पीठ पर लिखा हुआ नाम

एक बार इमरोज़ के, लाहौर के दिनों के एक दोस्त, उनसे मिलने आए। देश के बंटवारे ने सिर्फ़ एक-दूसरे के नाम उनके ज़ेहन में रहने दिए थे, लेकिन बरसों तक कभी मिलने नहीं दिया था...

वे इमरोज़ के बनाए चित्रों को एक-एक कर देखते रहे, घर की दीवारों, दरवाज़ों और खिड़कियों को भी, जहां इमरोज़ ने कई नज़्मों को चित्रित किया हुआ है...

और इमरोज़ की कला की दाद देते हुए उन्होंने इमरोज़ की कैलीग्राफी के भी कई चित्र देखे, और देखा कि एक कैनवस पर साहिर का नाम भी कैलीग्राफी में लिखा हुआ है। वे ज़रा हैरान-से इमरोज़ की ओर देखने लगे, फिर पूछा—

"यार! तुम साहिर का नाम कैसे लिख पाए? उससे कोई हसद मन में नहीं आता? मैंने अमृता की किताब 'रसीदी टिकट' पढ़ी थी, जब पाकिस्तान में शाया हुई थी..."

इमरोज़ हंस दिए, कहने लगे—

"उसका नाम तो मेरी पीठ पर लिखा हुआ है। जब अमृता से मेरी

दोस्ती हुई तब वो रेडियो स्टेशन में नौकरी करती थी। कई बार मैं वहां जाता, और जब वह काम से फारिग होती, मैं उसे अपने स्कूटर पर बिठाकर घर छोड़ आता...तब कई बार देखा कि वह मेरे स्कूटर पर, मेरे पीछे, पीठ की ओर बैठी हुई है, रास्ता-भर अपनी उंगली से मेरी पीठ पर कुछ लिखती रहती है। तब गौर किया कि वो मेरी पीठ पर साहिर का नाम लिखती रहती थी...अब साहिर से हसद कैसा? उसका नाम तो मेरी पीठ पर लिखा हुआ है..."

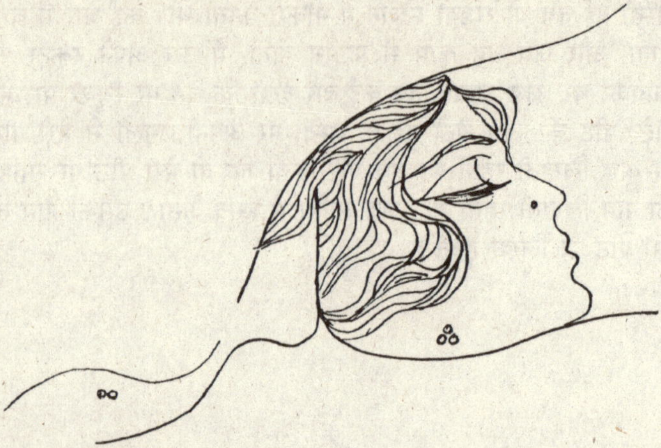

सांसों में सुलगती आवाज़

तुफ़ैल न्याज़ी को जिन्होंने गाते हुए सुना है, वे उनकी आवाज़ का जादू जानते हैं...

"ज़हेक़िस्मत!" यही लफ़्ज़ मेरे होंठों पर आया, जब वे एक दिन मेरे घर आए...

रियाज़ की करामात क्या होती है, इसी की बात करते हुए उन्होंने कहा—

"जब मेरी पैदायश हुई, मेरी आंखें वहीं खुली थीं, जहां साज़ भी थे, आवाज़ भी। मेरे खानदानी बाबा— बाबा हीमे ख़ान, बाबा कम्मे ख़ान, बाबा मौला बख़्श और बाबा बलासा, सब पखावज बजाने वाले थे, ध्रुपद। मेरे दादा थे बाबा बलासा और अब्बू थे हाजी रहीम बख़्श उर्फ़ लाहौरी। उन्होंने ही मेरी आवाज़ की गहराई को पहचानकर मुझे ताऊ शाहदीन का शागिर्द बना दिया था।

"बरसों लम्बे इस रियाज़ में मैं बटाले वाले पंडित अमरनाथ साहब का भी शागिर्द रहा। वे गुज़र गए तो कपूरथला के मियां वली मोहम्मद डागर वाणी वालों का शागिर्द भी।

"पैदाइश जालंधर की है, उसके पास लगते गांव मंडेरा की। मैंने ननिहाल वालों के साथ रबाबी का काम भी सीखा था। फिर गोइंदवाल

साहब में एक अदारा था—गऊशाला। वहां पंडित रामजी के पास भी रहा था। फिर रासलीला करने वाले देखे, तो उनकी नाटक-मंडली में मिलकर, हरिश्चंद्र और पूरन भगत के नाटक भी खेले।

"चार बरस कव्वाली का रियाज़ किया और फिर पाकिस्तान चला गया।"

और हंसकर उन्होंने एक शेर कहा :

"हंसना खेलना भूल गया,
जब किसी ने गहरे फ़िक्र में डाल दिया।
और फटे हुए कपड़े के टुकड़ों की तरह,
मुझे एक कीकर में टांग दिया..."

जो कोई अपनी बात करते हुए, कीकर में टंगे कपड़े के टुकड़ों में अपनी पहचान पा ले, कोई उससे कुछ पूछे तो क्या पूछे!

फिर भी मैंने आहिस्ता से पूछा—

"जिसने यह करम किया, कुछ उसकी बात नहीं करेंगे?"

उनकी आवाज़ भर आई, कहने लगे—

"सारा दर्द उसी का दिया हुआ है। मैं तब अठारह बरस का था...नहीं, यह कहना ग़लत होगा, यह तो तब की बात है जब कहीं कुछ भी नहीं था, फ़रिश्ते भी नहीं थे..."

मैं हंस दी, कहा—

"यानी रोज़े अज़ल से..."

कहने लगे—

"ख़ुदा का यही करम इंसान को दरवेश बनाता है। मैंने आंसुओं से वज़ू किया और दरवेशों के पास बैठने लगा..."

सूफी फकीरों का एक शेर मुझे याद हो आया कि कोई आशिक़, कोई भंवर, कोई दरवेश और कोई नाम किसी मंत्र के बिना कीलित नहीं होता...इसीलिए पूछा—

"इस तुफ़ैल को कीलित करने वाली का क्या हुआ?"

वे कहने लगे—

"उसे दुनिया ने बेगाना कर दिया, इसीलिए मैंने तुफ़ैल से यारी कर ली। इस तुफ़ैल से नहीं, जो दिखाई देता है, उस तुफ़ैल से, जो ख़ुदा की तरह मेरे अंदर कहीं बैठा हुआ है..."

मैं देख रही थी कि यही दर्द था, जो उनकी रगों में चलता हुआ, उनकी आवाज़ में उतरने लगा था।

वे कहने लगे—

"इस बेखुदी के आलम में कई बार कोई हरुफ़ ज़ुबान पर आते हैं और स्वरों में उतरते जाते हैं। और वही गुनगुनाता हुआ मैं कई बार खेतों की मेंड़ पर चलता हुआ, अपने घर से आगे निकल जाता हूं। एक बार मेरी बेटी ने देखा, तो मेरे पीछे दौड़कर आती हुई बोली—अब्बू! घर तो पीछे छूट गया..."

सचमुच एक घर नहीं, दुनिया पीछे छूट गई और तुफ़ैल जाने किस मुकाम पर पहुंच गए...

भरी-सी आवाज़ में मैंने पूछा—

"और वह, जिसे दुनिया ने बेगाना कर दिया, फिर कभी उसे देखा?"

वे कहने लगे—

"हां, एक बार देखा था। मैं किसी महफ़िल में गा रहा था। देखा, वह भी वहां थी, और देखा, वह रो रही थी...

"महफ़िल बर्ख़ास्त होने लगी, तो मैं उसके पास गया, कहा—यह आपका ही करम है...आपका शुक्रिया!"

संगीत के पेड़ पर उगते हुए स्वर

शौकत अली की आवाज़ पर जाने कितने दिल फ़िदा हुए होंगे, और वे जब एक दिन मेरे घर आए, तो सूफ़ियों के कलाम से हवा महकने लगी...

एक बार मैंने कहा—

"एक वक़्त था जब लोगों ने रांझे से पूछा था—'मियां, तू कौन है?' आज अगर वही सवाल आपसे पूछ लूं तो?"

शौक़त हंसने लगे, कहने लगे—

"सरकार! स्कूलों में बच्चों से एक सवाल पूछा जाता है कि बताओ, वह कौन-सा गांव है, जिसमें तीन ज़िले लगते हैं? बस, वही मेरा गांव है 'मलकवाल', जिसमें ज़िला गुजरात भी लगता है, ज़िला सरगोधा भी और ज़िला जेहलम भी... "

मैंने कहा—

"नहीं शौक़त मियां! आपके गांव को चार ज़िले लगते हैं, चौथा—मौसिकी का, जिसे आपको सुनने वाले जानते हैं..."

शौक़त बहुत देर हंसते रहे, फिर कहने लगे—

"मौसिकी का इश्क तो बाद में हुआ, पहले औरत का इश्क हुआ था..."

पूछा—

"तब आपकी उम्र क्या रही होगी?"

कहने लगे—

"अजी वह तो दुनिया में आते ही हो गया...शायद अपनी दाई को देखकर हुआ होगा। लेकिन जो याद में बस गया, वह इश्क अपने स्कूल की उस्तादनी से हुआ था। तब मैं तीन बरस का था..."

"अरे!" मेरी ज़ुबान पर यह 'अरे' लफ़्ज़ आया, तो शौक़त बीते हुए दिनों में उतर गए, कहने लगे—

"तब घरों में पानी के नल नहीं होते थे। बस, एक ही नल होता था, गली के किनारे पर, जहां औरतें अपना-अपना मटका लेकर जातीं और अपनी बारी के इंतज़ार में खड़ी रहतीं। देखा—वहां मेरी उस्तादनी भी जाती थी, और खड़ी रहती थी। तब मैं छोटी-सी मटकी उठाकर वहां चला जाता और उसे देखता रहता...

"एक बेखुदी तारी हो जाती, इतनी कि मैं होश में तब आता, जब कोई औरत कहती—अरे लड़के! भर ले अपनी मटकी, तू कब से खड़ा है..."

मैंने पूछा—

"फिर मन की मटकी का क्या हुआ?"

वे कहने लगे—

"वह प्यासी थी, प्यासी रही..."

और वे एक गहरी सांस लेकर बोले—

"देखिए! क्या तकदीर पाई थी कि उस मेरी उस्तादनी का नाम भी मुसर्रत था, और जब बड़ा हुआ, हम लोग लाहौर में भाटी गेट में रहने लगे तो सामने ही एक घर था; जिस लड़की को मैं चाहने लगा, तो पाया कि उसका नाम भी मुसर्रत था..."

वे खामोश-से कहीं दूर देखने लगे, जैसे दूर कहीं उस घर का झांवला-सा दिखाई देता हो। फिर कहने लगे—

"ईद का दिन था। मैं पतंग लेकर अपनी छत पर गया। पतंग पर सलाम भी लिख दिया और ईद मुबारक भी। और फिर पतंग उड़ाकर

मुसर्रत की छत पर गिरा दी। देख रहा था कि वह छत पर बैठी थी, वही फूलों वाली कमीज़ पहनकर, जो अकसर वह पहना करती थी। और मेरा नसीब देखिए! उस रोज़ छत पर वह नहीं थी, उसकी मां बैठी थी, बेटी की कमीज़ पहनकर..."

क़ुदरत के इस मज़ाक़ पर मैं भी हंसने लगी, वे भी। फिर कहने लगे—

"वह पतंग मां के हाथ में आई, तो इतनी गालियां बरसने लगीं कि गली-मुहल्ले वाले इकट्ठे हो गए..."

और शौक़त कहने लगे—

"एक हाफ़िज़ साहब होते थे, जो बारहमासा गाते हुए अकसर वहां से गुज़रते थे:

सखियां तो खेलने चली गईं
और मैं हाथ मलती रह गई...
इस आशनाई से किसने फ़ैज़ पाया है—
मैंने अंगूर की बेल कीकर पर चढ़ा दी
और मेरा हर गुच्छा ज़ख्माया है...

"बस सरकार! वही बात हुई। औरत का इश्क जाने कैसा पेड़ होता है, कीकर का, कांटों से भरा हुआ, कि मुहब्बत के अंगूर ज़ख्माने लगते हैं...यही सब हुआ तो मैं सात स्वरों से इश्क करने लगा...यह मौसिकी तो ख़ुदा का पेड़ है, जहां जी भरकर बौर भी लगता है, सुर्ख फूल भी लगते हैं और मीठे फल भी लगते हैं..."

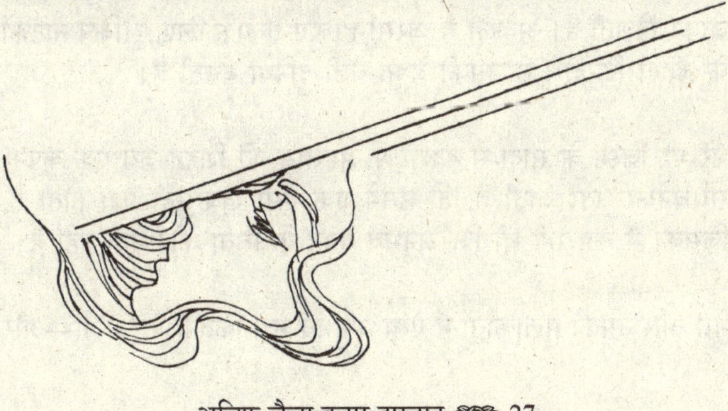

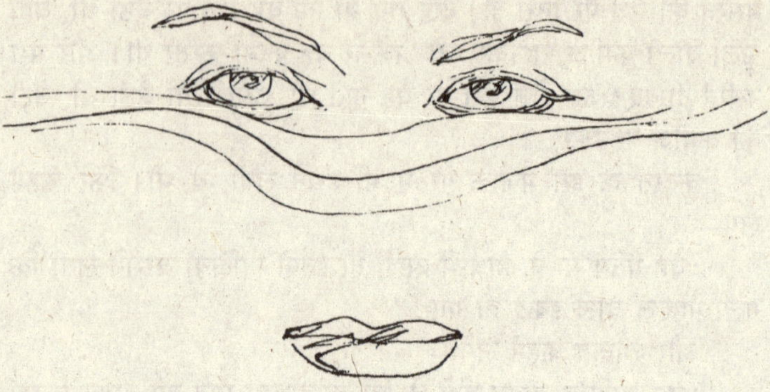

मां की विरासत

मेरे पास एक प्यारी-सी चीज़ है—चांदी के बाजूबंद का आधा टुकड़ा, जो मेरे लिए एक बहुत बड़ी मिल्कीयत है।

बल्गारिया की एक प्यारी-सी औरत है, यूलिया। यूलिया अग्नयानोवा। वह साधारण नज़र से साधारण-सी दिखती है, लेकिन उसके पास कुछ ऐसा है, जिसका अनुभव करने के सिवा कोई नाम नहीं।

मैं जब बल्गारिया गई थी, तो उससे मुलाक़ात हुई थी। वह बल्गारिया के नाटकों का निर्देशन करती है और कई नाटक आसपास के देशों में भी जाकर खेलती है। अकेली है, बरसों हो गए तलाक लिए, लेकिन नाटकों के ज़ेहनी किरदारों से उसकी बहुत बड़ी दुनिया बसती है।

भरे-भरे जिस्म के सादा-से नक्शों में अहसास की शिद्दत जब एक कंपन-सा बनकर उतर जाती है, तो उसमें एक ऐसी खूबसूरती पैदा होती है, जिसका मैं कह रही थी कि अनुभव करने के सिवा कोई नाम नहीं है।

मेरी और उसकी मुलाक़ातों में ऐसा अनुभव मुझे कितनी बार हुआ—और

नाटकों की बातें करते हुए, उसकी किसी खोई हुई मुहब्बत की बातें करते हुए, और एक दिन जब वह अपने तलाकशुदा खाविंद की मां के बुलाने पर उसके पास होकर आई थी, फिर मुझे बता रही थी कि उसके तलाकशुदा खाविंद की मां बहुत बीमार है। एक-दो दिन में उसे अस्पताल में ले जाना है। लेकिन उसने शर्त बांध दी है कि वह अस्पताल तब जाएगी जब उसकी तलाकशुदा बहू उसके पास अस्पताल में रहना मान लेगी—इसीलिए उस दिन सुबह-सुबह उसका तलाकशुदा खाविंद आया था कि वह अस्पताल में उसके पास रहना मान ले।

वह नहीं जानती, उसका तलाकशुदा खाविंद भी नहीं जानता कि यह क्या रिश्ता है जिसके बल पर वह मिन्नत करने के लिए आया और जिसके बल पर यूलिया अब कितने ही दिन अपनी तलाकशुदा सास के साथ अस्पताल में रहेगी।

और अहसास की यही शिद्दत मैंने एक बार फिर देखी जब उसने अपने संदूक से चांदी का एक बाजूबंद निकाला और पूरा ज़ोर लगाकर उसे बीच में से तोड़ती हुई, उसे दो टुकड़ों में करती हुई, उसका एक टुकड़ा मेरे हाथ में देती हुई कहने लगी—

"अमृता, आज से तू मेरी सगी बहन हुई—यह बाजूबंद मेरे पास मेरी मां की एक निशानी है, और आज हमने मां की विरासत बांट ली है।"

और वही बाजूबंद का आधा टुकड़ा मैं कभी-कभी भीगे हुए मन से गले में पहन लेती हूँ। उसके एक सिरे पर एक ऐसा छेद-सा है, जिसमें मैंने चांदी की पतली-सी ज़ंजीर डाल ली है...

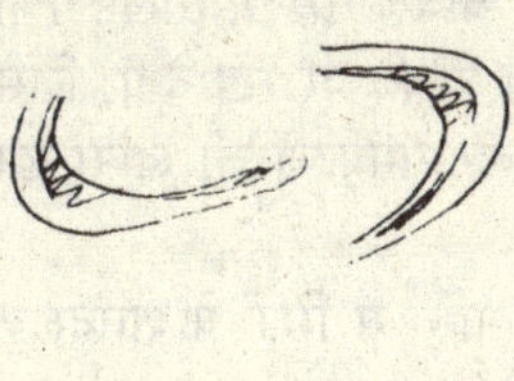

शारदा बीबी

रामकृष्ण परमहंस जब शरीर छोड़ने लगे, तो उन्होंने अपनी पत्नी शारदा को पास बैठाया और कहने लगे—

"सुनो! तुम इसी तरह रहना। लोगों की तरह कुछ नहीं करना, रोना भी नहीं। तुमने मुझे प्यार किया है, मेरे शरीर को नहीं, और मैं यह शरीर नहीं हूं। शरीर नहीं रहेगा, पर मैं रहूंगा, यहीं तुम्हारे पास..."

इस देश के इतिहास में शारदा जी एक ही स्त्री हुई हैं, जिन्होंने कभी माथे की बिंदिया और मांग का सिंदूर नहीं पोंछा, अपनी चूड़ियां नहीं तोड़ीं...

वे जब तक इस दुनिया में रहीं, उनके मन का आलम यहा रहा कि रोज़ सुबह उठकर वे नहातीं, फिर चौके में उसी तरह जातीं जैसे जाया करती थीं, चावल रांधतीं, सालन पकातीं और थाली में डालकर वो पहली थाली वहां चौकी पर रख देतीं, जिसके पास वो आसन बिछा रहता था, जहां बैठकर रामकृष्ण जी खाना खाया करते थे...

पूरे भारत में सिर्फ़ ये शारदा बीबी हुई हैं, जो कभी विधवा नहीं हुईं...

ख़ामोशी की गलियों से गुज़रती कहानियां

जो नामदार लोग होते हैं—
उनकी बात तो अकसर उनके होंठों पर भी आती है
और लोगों की ज़ुबान पर भी।
लेकिन कई लोग होते हैं,
जिनका नाम कोई नहीं जानता,
लेकिन वो मुहब्बत के कई रंगों को—
इतनी ख़ामोशी से जी जाते हैं,
कि चंद लोगों के अलावा
किसी को उनकी ख़बर तक नहीं होती...

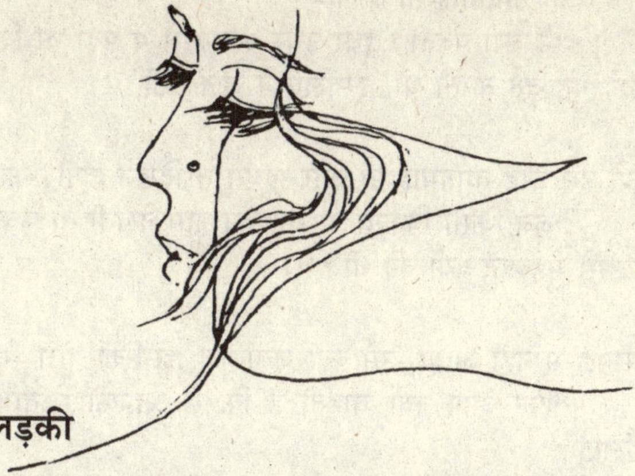

वो बावरी लड़की

बहुत दिन की बात नहीं है, अचानक एक दिन एक खूबसूरत-सी लड़की मेरे पास आई। उसके हाथ में एक फाइल थी। वह फाइल मेरे सामने रखती हुई वो बोली—

"ये मेरी नज़्में हैं। किताब छपेगी, इसलिए एक दिवाचा लिख दो।"

अजीब अंदाज़ था यह कहने का, फिर भी मैंने फाइल लेकर कुछ वर्के उलटे और देखा—सारी नज़्में साहिर की मुहब्बत में लिखी हुई थीं...

मैंने हंसकर उसकी तरफ़ देखा, पूछा—

"आप साहिर से कब मिली थीं?"

वो एक तल्ख आवाज़ में बोली—

"कहा मिली! जब जवान हुई तो पता चला, साहिर अब इस दुनिया में नहीं हैं।"

मैं उसकी ओर देखती रही, फिर पूछा—

"अभी तक शादी नहीं की?"

वो कहने लगी—

"की है, कर चुकी थी, जब साहिर को पढ़ा..."

मैं खामोश उसकी ओर देखती रही, फिर यूं ही पूछा—

"मेरी कोई किताब पढ़ी है?"

वो तमतमाई-सी बोली—

"मैं क्यों पढ़ती? इधर-उधर अखबारों में पढ़ा था कि आप साहिर को मुहब्बत करती थीं...इसलिए मैं जल उठी..."

वो इस तरह तमतमाई-सी और खूबसूरत दिखने लगी। कह रही थी—

"जब किसी किताब पर आपका नाम देखती तो फेंक देती...आपने उससे मुहब्बत क्यों की थी?"

समझ में नहीं आया, उसे क्या जवाब दूं, इसलिए पूछा—

"फिर आप क्यों चाहती हैं कि मैं आपकी किताब का दिवाचा लिखूं?"

वो कहने लगी—

"साहिर ज़िंदा होता तो वो लिखता, अब वो नहीं है इसलिए और कौन लिखेगा?"

और वो लड़की अपनी फाइल मेरे पास छोड़कर चली गई...

मन में आया, अब इस दीवानी लड़की के लिए कुछ लिखना होगा, इसलिए कुछ लिखकर उसकी फाइल में रख दिया...

फिर बहुत दिनों के बाद वो आई। दूसरी बार। उस रोज़ उसने सिर से पांव तक काले रेशम के कपड़े पहने हुए थे और उसके गले में सफ़ेद कौड़ियों की माला थी, जिससे वो बावरी और भी खूबसूरत दिख रही थी...

तब मैं बहुत बीमार थी, बिस्तर में पड़ी थी। उसे देखकर मैंने कमरे में पड़ी कुर्सी की ओर इशारा किया, कहा—

"बैठो।"

वो कुर्सी पर नहीं बैठी। मेरे बिस्तर के पास पलंग की पट्टी पर हाथ

रखकर ज़मीन पर बैठ गई। बोली—

"पता चला था, आप बीमार हैं, और आज मैं यह कहने के लिए आई हूं—देखो! अभी मरना नहीं। आप मर गईं, तो फिर वहां जाकर आप साहिर के पास रहेंगी...पहले मैं मरूंगी, इसलिए कि मैंने वहां जाकर अकेली ने साहिर के पास रहना है..."

मैंने प्यार से उसके कंधे पर हाथ रखा तो वो कहने लगी—

"तुम यहीं रहो, अपने इमरोज़ के पास, साहिर के पास तो मैंने जाना है..."

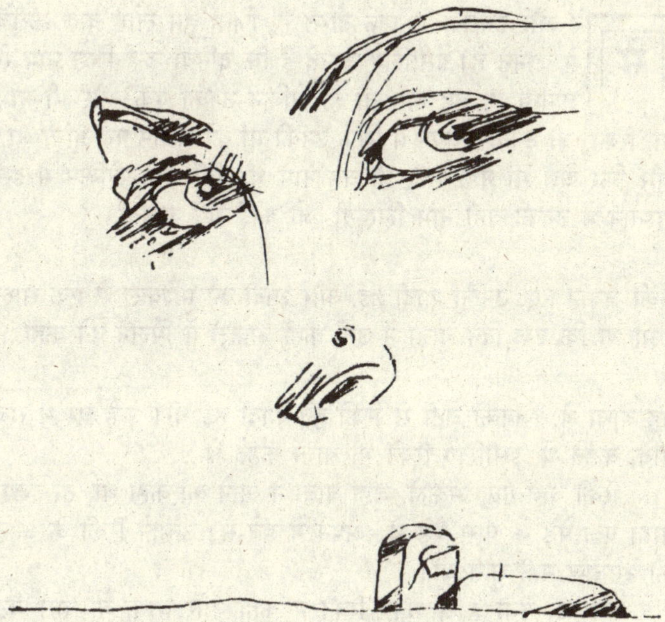

रिश्ता

मेरे और इमरोज़ के एक दोस्त हैं, जिन्हें हम लोग कुछ क़रीब से जानते हैं। इसीलिए जानते हैं कि दुनिया उन्हें जिस नाम से जानती है, वह नाम तो है, लेकिन उनका एक और भी नाम था, रिकी, जो उनके बचपन में सिर्फ़ उनकी मां की ज़ुबान पर आया था। और फिर जब मां नहीं रही, तो वह नाम भी नहीं रहा...लेकिन मैं इस दास्तान में उनका वही नाम लिखूंगी, जो कोई नहीं जानता...

रिकी जवान हुए, उनकी शादी हुई, और शादी को मुश्किल से एक साल हुआ था कि एक दिन बाबा ने उन्हें कहीं अकेले में मिलने को कहा...

यह बाबा थे, जिनकी बेटी से रिकी की शादी हुई थी। उन्हें घर में सब बाबा कहते थे, इसीलिए रिकी भी बाबा कहते थे...

रिकी वहां गए, अकेले, जहां बाबा ने आने को कहा था, तो देखा, बाबा एक पेड़ के पास बैठे थे...अपने में डूबे-से। उन्होंने रिकी के आने की आवाज़ नहीं सुनी थी।

"मैं आ गया हूं बाबा!" रिकी ने कहा और बाबा के पास बैठ गए...

बाबा ने एक गहरी नज़र से रिकी को देखा, लेकिन कुछ कहते-कहते रुक गए। शायद उनकी आवाज़ किसी मुश्किल में पड़ी हुई थी...

रिकी आहिस्ता से बाबा के पैर दबाने लगे। तब बाबा ने कहा—

"इस वक़्त दुनिया में कोई नहीं दिखता, जिसे कुछ कह सकूं, इसीलिए तुम्हें बुलाया है बेटा!"

रिकी बोले—

"आप कहिए! आप जो चाहेंगे, मैं करूंगा..."

बाबा कुछ देर खामोश रहे, फिर रिकी के कंधे पर हाथ रखकर कहने लगे—

"क्या मैं तुम पर एक बहुत बड़ा विश्वास कर सकता हूं?"

रिकी ने जल्दी से कहा—

"हां बाबा, मैं विश्वास के काबिल हूं..."

तब आहिस्ता-आहिस्ता एक लंबी कहानी खुलती गई, कि बाबा जब जवान थे, तो उन्हें एक लड़की से मुहब्बत हो गई थी। बेपनाह मुहब्बत थी, लेकिन वह लड़की मां-बाप को मंजूर नहीं थी। और उन्होंने कुछ वक़्त पाकर वह सब कुछ भूल जाना चाहा था...

उसे भूल जाने की एक कोशिश यह भी थी कि बाबा ने कहीं शादी कर ली, घर बसा लिया और बच्चों से हंसने-खेलने लगे...

उनका घर ठीक से चल रहा था, बच्चे बड़े हो चुके थे कि उन्हें किसी पुराने दोस्त से पता चला कि वह, जिसे कभी उन्होंने मुहब्बत की थी, अब अच्छे हाल में नहीं थी...

बाबा की जवानी फिर उनके अंदर कहीं सुलगने लगी, और उन्होंने घर वालों से चोरी उसका पता-ठिकाना पा लिया और वहां जाकर देखा—वह सचमुच अच्छे हाल में नहीं थी। अब उसके मां-बाप नहीं रहे थे, भाई लोग बेगाना हो चुके थे, और जहां उसका विवाह हुआ था, उस घर ने उसे बसाया नहीं था...

देख रहे थे कि अब वह पहले जैसी परीज़ाद नहीं रही थी। वक़्त के लिहाज़ से भी और हालात के लिहाज़ से भी टूट गई थी...

बाबा ने उसका हाथ थाम लिया। उसे साथ ले आए और अपने गांव से कुछ दूर एक गांव में ज़मीन खरीदकर उस ज़मीन पर एक घर बना लिया, जहां अपनी ज़मीन और खेत देखने के बहाने अकसर चले जाते और एक-दो रात वहां रहने लगे...

ज़िंदगी फिर एक बार बाबा पर मेहरबान हुई थी। लेकिन वे दिन देर तक नहीं रहे। वह औरत पेट से हुई, तो एक बच्ची को जन्म देकर ज़िंदा नहीं रही...और अब बाबा के सामने एक बड़ा सवाल था कि वह अपनी उस बच्ची को कहां ले जाएं!

रिकी ने सब सुना, समझा और कहने लगा—

"बाबा! वह बच्ची मुझे दे दीजिए। इसमें आपको कोई मुश्किल नहीं आएगी। मैं आपकी अमानत को प्यार से रखूंगा।"

बाबा ने रिकी को गले से लगा लिया और बोले—

"लेकिन..."

यह 'लेकिन' लफ्ज़ था जो बाबा के गले में अटक गया...सोच रहे थे, रिकी के घर में मेरी ही तो बेटी ब्याही हुई है, उसे पता चलेगा, तो क्या करूंगा...

बाबा यह कह नहीं पाए, लेकिन रिकी ने समझ लिया, बोला—

"मैं आपकी बड़ी बेटी को यह सब नहीं कहूंगा...बच्ची को घर ले जाऊंगा, तो उसे इतना ही कहूंगा—यह मेरे एक दोस्त की बच्ची है, जिसकी मां नहीं रही, और अब इसे देखना, सम्भालना मेरे दोस्त के वश का नहीं है, इसीलिए मैं तेरे पास ले आया हूं..."

बाबा भीगी हुई नज़रों से रिकी को देख रहे थे कि रिकी बोला—

"बीवी से तो कह लूंगा कि हम लोग इसे गोद ले लेते हैं, पर लोगों

से यह भी नहीं कहूंगा...नाते-रिश्ते वाले तो दूर के गांवों में रहते हैं, उन्हें बस ख़बर भेज दूंगा कि हमारे घर एक बेटी पैदा हुई है...”

बाबा बहुत देर तक रिकी को देखते रहे, फिर दोनों हाथ उठाकर आसमान की ओर देखने लगे, जैसे कह रहे हों—

ख़ुदा! तेरा करम, कि तूने मुझे रिकी जैसा इंसान दिया है...

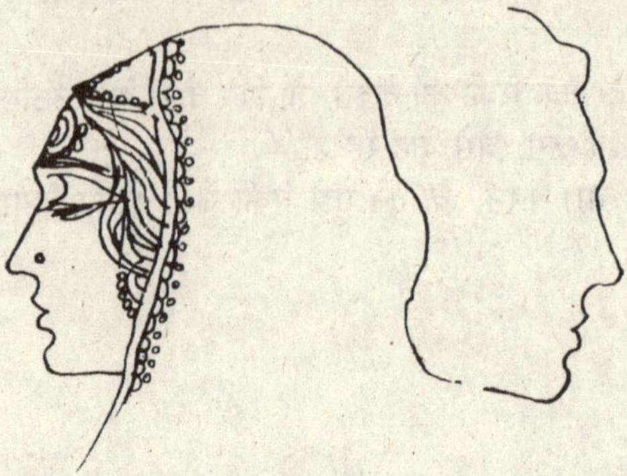

बेटा

पंजाब के एक गांव का वाकया है कि गांव का 'शाह जी' कहलाने वाला एक दौलतमंद आदमी था, बहुत-सी ज़मीन-जायदाद का मालिक। लेकिन बड़ी उम्र में भी वह किसी ग़रीब घर से मोल-भाव करके उन लोगों की एक जवान लड़की को विवाह कर ले आया...

नाते-रिश्ते वालों को अच्छा नहीं लगा, कहते—

"उसका जवान बेटा शहर में पढ़ता है, अब उसका विवाह करते, घर बसने लगता—इस लड़की को लेकर अब क्या घर बसाएंगे..."

बात उसके बेटे तक भी पहुंची, शहर में। और वह जब छुट्टियों में गांव आया, तो लोग कहने लगे—

"अरे, अब तेरी सौतेली मां आ गई है। घर का सोना-पैसा अपने हाथ में कर लेगी। तेरे लिए कुछ नहीं रहेगा..."

बेटे ने सब सुना, लेकिन कुछ नहीं कहा। घर में उस सौतेली मां से मिला, तो देखा, वह कुछ घबराई-सी, सहमी-सी एक कोने में खड़ी उसकी ओर देखकर रोने लगी थी...

बेटे ने पास जाकर उसके पैर छुए, तो वह कहने लगी-

"मेरा कोई कसूर नहीं है...मैं तुम्हारी दौलत का कुछ नहीं लेना चाहती..."

बेटा हैरान-सा फिर शहर लौट गया। कुछ वक़्त इसी तरह खामोश गुज़र गया तो शहर में एक दिन बेटे को ख़बर मिली कि उसका बाप गुज़र गया है...वह गांव में आया, बाप का जो क्रियाकर्म करना था, किया और फिर उस लड़की से, जिसे अब गांव में 'नई शाहणी' कहा जाता था, बातें करने लगा...

देखा—वह खामोश-सी, पत्थर-सी बनी हुई है। उसका दिल बहलाने के लिए बेटे ने कहा—

"देखो! इस तरह गुज़र कैसे होगी? यहां दिल उदास है तो कुछ दिनों के लिए मायके चली जाओ।"

उस लड़की की आवाज़ उसी क्षण तमतमा गई, कहने लगी—

"नहीं, वहां नहीं जाऊंगी। वे मेरे क्या लगते हैं, जिन्होंने सोने-चांदी के चार टुकड़ों के लिए मुझे बेच दिया...मैं यहीं रहकर मर जाऊंगी। तुम मुझे बस एक कफ़न दे देना।"

बेटा शहर को लौट जाना चाहता था, लेकिन उस लड़की की हालत देखकर रुक गया। कभी उसे कुछ रांधने-पकाने को कहता, फिर पास बैठकर खाता भी, उसे खिलाता भी और लड़की के बचपन की, उसकी सहेलियों की कुछ बातें करता। उसका दिल दूसरी तरफ़ करने की कोशिश करता।

तभी बातों-बातों में उसे पता चला कि वह लड़की जब कुंवारी थी, तब किसी से मुहब्बत करती थी। वह आदमी भी उस पर जान छिड़कता था, लेकिन वह ग़रीब घर का था और उसके मां-बाप के सामने जब शाह जी की दौलत बिछ गई, तो उन्होंने जल्दी से बेटी की शादी वहां कर दी...

बेटे के पास कई रास्ते थे, यह जानने के लिए कि क्या वह आदमी अब भी कहीं खामोश-सा बैठा उस लड़की को चाहता था या नहीं। और पता

चला कि वह अपनी खोई मुहब्बत की याद में अब भी खेतों में बैठा गाता है और रोता है...

बेटे ने उसे बुला भेजा और बाहर कहीं खेतों में उससे मिलकर कहा— "देखो! अगर सच में प्यार किया है, तो जाओ, विवाह की तैयारी करो। लड़की के मां-बाप से कुछ कहने की ज़रूरत नहीं है। मैं दो रोज़ के बाद उसे लेकर तेरे घर आऊंगा...।"

और दो रोज़ के बाद बेटे ने लड़की के सारे ज़ेवर, गोटा-किनारी के कपड़े और बहुत-सी नकदी एक संदूक में भर ली और लड़की को साथ लेकर उस गांव में चला गया, जहां एक हैरानी से कोई इंतज़ार में बैठा था...

गांव के पंडित को बुलाया और अपने हाथों से उस लड़की के विवाह की रस्म अदा की, और जब पंडित ने पूछा—

"अब कन्यादान कौन करेगा?" तो उस बेटे ने कहा—

"मैं करूंगा। मैं इसका बाप भी हूं और भाई भी हूं..."

उस वक़्त वह लड़की रोकर उस 'बेटे' की बांहों से लिपट गई, जैसे बिछुड़ने के वक़्त कोई लड़की रोती हुई अपने बाप और भाई की बांहों से लिपट जाती है।

गुलाबी रंग

मेरे और इमरोज़ के एक दोस्त हैं—सुरेंद्र शर्मा। पटियाला में रहते हैं। उन्हें जानने वाले सब लोग जानते हैं कि उन्होंने अच्छी किताबों की गहरी पहचान पा ली है। इतनी कि जब कहीं से पता चले कि पंजाबी, हिंदी या अंग्रेज़ी में आजकल एक अच्छी किताब आई है, तो वो जल्दी से उस किताब को खरीद लाते हैं और उसकी किसी कहानी या नज़्म की बात वे बहुत-से दोस्तों से करते रहते हैं...

दूर के दोस्तों को भी वे अकसर फ़ोन करते हैं, खैरियत पूछते हैं और किसी-न-किसी किताब की बात ज़रूर करते हैं...

अभी थोड़े दिन हुए उनका फ़ोन आया। मुझे लगा, आज उनकी आवाज़ कुछ भारी है। पूछा तो कहने लगे—

"दीदी! एक बात है जो मैं और किसी से नहीं कह पाया, लेकिन आपसे कह सकता हूं..."

लगा, उनकी आवाज़ भर आई है।

वे ज़रा सम्भलकर कहने लगे—

"मैं जब बनारस में था, वहां एक लड़की से वाकफियत हुई थी।

लगा, वो एक ज़हीन लड़की है और मेरी तरह बहुत किताबें पढ़ती है। यह वाकफियत हुई तो मैं जो भी किताब पढ़ता, अगर अच्छी लगती तो उस लड़की को दे देता, पढ़ने के लिए...

"वो कभी-कभी मेरे पास आने लगी—कोई किताब लौटाने के लिए या कोई और ले जाने के लिए...

"एक छुट्टी का दिन था, मैं घर के आंगन में बैठकर एक किताब पढ़ने लगा। वो आइनरैंड की किताब थी—'फाउंटेन हैट'। मैं पढ़ते-पढ़ते उसमें इतना खो गया कि वहां किसी के आने तक की आहट नहीं सुनी। और लगा, अचानक किसी ने पीछे से आकर गुलाबी रंग के पानी से भरी हुई एक बाल्टी मुझ पर उंडेल दी थी...

"मैं कंधों से लेकर पैरों तक पानी में भीग गया था। जब देखा, पीछे वही लड़की खड़ी थी, जो अब हाथ में लिया हुआ गुलाल मेरी गर्दन पर मलती हुई जल्दी से लौट रही थी...

"यह बिलकुल मेरे ख़याल में नहीं था कि आज होली का दिन है। खैर, अंदर जाकर गुसलखाने में अपने हाथ-पैर अच्छी तरह से धोए और गर्दन को मलकर वो गुलाल पोंछ दिया। कपड़े बदल लिए तो बाहर आकर देखा कि वो किताब, जो मेरे हाथ में थी, मेरी मेज़ पर उसी तरह खुली पड़ी थी और उसके दो पन्ने, जो सामने थे, गुलाबी पानी में भीग गए थे। किताब को उठाया और वे पन्ने सुखाने के लिए किताब को धूप में रख दिया...

"बस, यह घटना थी, छोटी-सी और मैं उस लड़की से अभी कुछ नहीं कह पाया था, और मुझे यहां आना पड़ा पटियाला में। मेरी बदली के ऑर्डर आ गए थे...

"कुछ दिनों के बाद गौर किया कि वो किताब, जो गुलाबी रंग में भीग गई थी, अब घर में मिलती नहीं है। सोचा—शायद वहीं कहीं रह गई होगी, या मैं लाया था और फिर कोई दोस्त शायद पढ़ने के लिए ले गया और उसने लौटाई नहीं..."

और सुरेंद्र खामोश-से हो गए। फिर ज़रा भारी-सी आवाज़ में बोले—

"अब बीस सालों के बाद बनारस जाना हुआ, अपने दफ्तर के

किसी काम से। वहां दफ्तर में एक वाकिफ मिला, कहने लगा—शर्मा जी! आपकी एक किताब मेरे पास है। बीस सालों से सम्भालकर रखी हुई है। कई बार पढ़ चुका हूं फिर भी यहां अपने पास दफ्तर में रखता हूं, किसी ख़ाली वक़्त में उसके एक-दो सफे पढ़ने के लिए...

"और उसने अपनी अलमारी में रखी वो किताब निकालकर मुझे दे दी। देखा, वही किताब थी, जिसके दो पन्नों पर अभी भी गुलाबी-से दाग दिखाई देते थे—"

सुरेंद्र की आवाज़ शायद कुछ भर आई थी कि उनके लफ़्ज़ कुछ डूबते-से लगे। कह रहे थे—

"उस किताब को देखते-देखते लगा—मेरे बदन के सारे कपड़े पानी में भीगे हुए हैं, और एक ठंडा-सा कम्पन मेरे सारे बदन में उतरने लगा...

"मेरा हाथ भी मेरी गर्दन को छूने लगा और लगा, हाथ पर गुलाल के निशान उभर आए हैं...

"वे बीस साल जाने कहां चले गए। और जो गुलाल मैंने मल-मलकर धोया था, उसका रंग ठीक से धुल नहीं पाया था, और थोड़ा-सा कहीं गहरे में उतर गया था, शायद मन में। और बीस सालों से वहां सोया हुआ था। और उस दिन किताब पर पड़े हुए गुलाबी दाग देखता-देखता वो जाग गया..."

और इतना कहते-कहते सुरेंद्र जी की आवाज़ इतनी भर आई कि "अच्छा दीदी," कहकर उन्होंने फ़ोन बंद कर दिया।

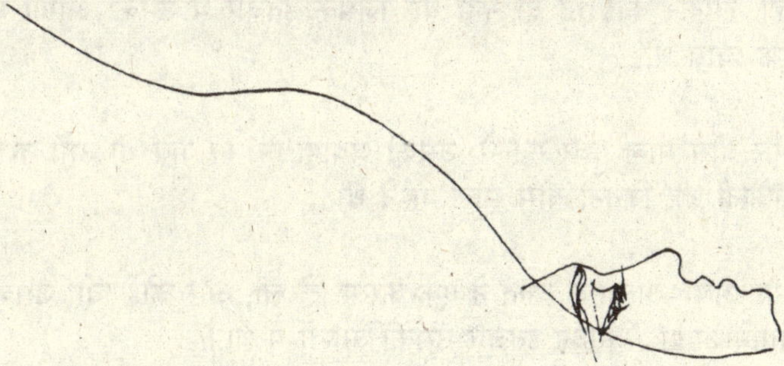

मेहंदी

पूर्ती एक निहायत ही खूबसूरत औरत है। वह आज भी क़रीब-क़रीब उतनी ही खूबसूरत है जितनी आज से बीस साल पहले थी...

लेकिन वक़्त इतना लिहाज़दार नहीं होता कि गुज़रते बरसों को किसी एक जगह ठहर जाने दे। और वो उदास होती गई...

वो खूबसूरत थी इसलिए कई बार उसके सामने शादी की पेशकश आती रही, लेकिन कोई भी वो नहीं था, जिसके इंतज़ार में उसकी आंखों में एक प्यास थी...

और बीस साल गुज़र गए थे, उसकी जवानी के, वो अब भी उसी तरह अकेली थी, जितनी बीस साल पहले थी...

और अब—अचानक वक़्त ने एक करवट ले ली, और कोई 'वो' उसके सामने आया, जिसका इंतज़ार उसकी आंखों में था...

और जब एक दिन उस आने वाले ने कहा कि वो उसकी ज़िंदगी

में आना चाहता है, तो पूर्ती की आंखों में पानी आ गया। कहने लगी—

"एक मेहंदी थी, जो कभी मैं हाथों में लगाना चाहती थी, लेकिन यह नहीं हो पाया और अब...अब वही मेहंदी बालों में लगाने लगी हूं..."

उस वक़्त जो उसकी ज़िंदगी में आना चाहता था, हंस दिया, कहने लगा—

"अच्छा, अब थोड़ी-सी मेहंदी लाओ, हम दोनों मिलकर इंतज़ार के हाथों पर लगा देते हैं..."

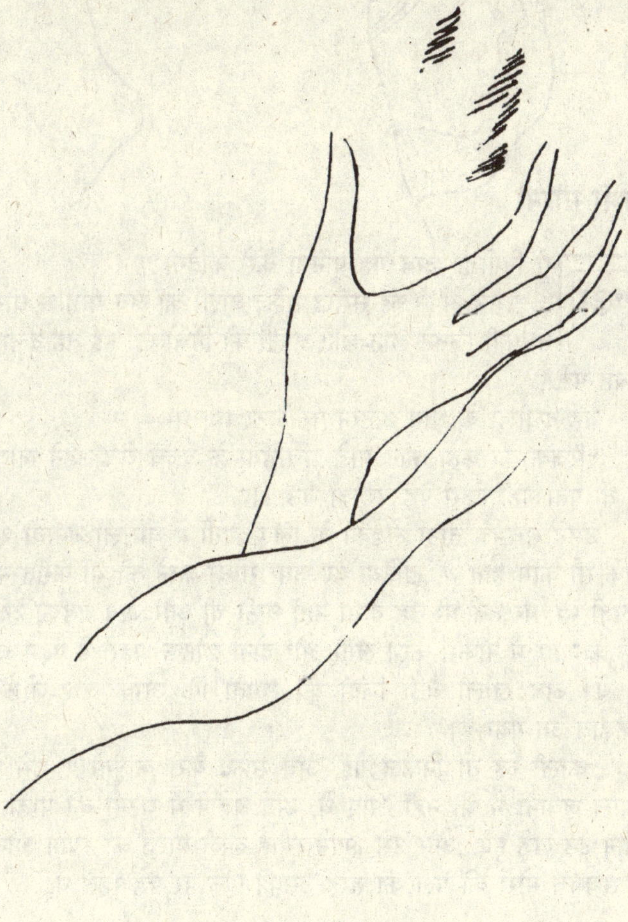

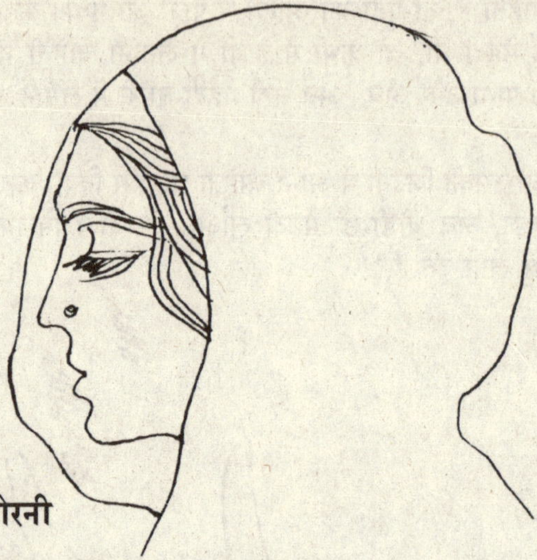

भाभी मोरनी

"अरी निगोड़ी, अब यह पूनियां कैसे कातेगी?"

उसने अपने रुई सरीखे सफ़ेद बालों को जब रीठों से धोया, तो पूनी जितने छोटे-छोटे बालों को निचोड़ती हुई वह दलीलों में बह गई...

वह दलीलों के धागे अटेरन पर अटेर रही थी—

"रिज़क का कहा कौन मोड़े...चिड़िया के बच्चे जब उड़ने लायक हुए तो पता नहीं किस पेड़ पर जा बैठे...।"

उसने सचमुच तीनों लड़कों के लिए छाती में घोंसला बनाया था। उसके सौ काम होते थे, खटिया पर कमर सीधी करने की भी फ़ुर्सत नहीं मिलती थी, पर तब भी वह कभी नहीं थकी थी और अब बड़का ब्याह करा के शहर में नौकरी करने लगा और दोनों छोटके शहरों में पढ़ने चले गए थे। अब ख़ाली बैठी जिंदो को लगता कि उसके जोड़-जोड़ में अकड़ाव आ गया है।

"काली रुई तो निकल गई, अब सफ़ेद कैसे कातूंगी?" उसे जो ख़याल जवानी में भी नहीं आए थे, अब बुढ़ापे में घुटनों की पीड़ा के समान उठ खड़े हुए...और उसे अपने स्याह काले बालों का ध्यान आया, जो सचमुच मोरों की पैल की तरह उसकी पीठ पर पड़े रहते थे...

"रे साऊ! तूने किस घड़ी मेरा नाम मोरनी रख दिया था...मोरनियों के नसीबों में पैल कहां...मोरनियां तो पैरों को देख-देखकर झुरा करती हैं।" और उसकी नज़र अपने पैरों पर से फिसलकर...पैरों की बिवाइयों में गिर पड़ी।...

'साऊ' उसके रिश्ते का देवर था। अभी छोकरा-सा था जब उसने सफ़ेद सिरहाने पर हरे कासनी धागों से मोर काढ़ती हुई भाभी को देखा था और उसे भाभी मोरनी कहकर पुकारा था। ग़रीब घर से आई और ग़रीब घर ब्याही जिंदो के हाथ में पकड़ी हुई सुई साऊ की आवाज़ सुनकर धागों की ऐसी पैल डालने लगी कि सिरहाना ख़त्म करके जब छब्बी की मलमल का दुपट्टा काढ़ने लगी, तो उस पर तरह-तरह के फूल बनाने की जगह मोर काढ़ने लगी। उसके इसी सिर के पल्लू के कारण सारे गांव में उसका नाम भाभी मोरनी पड़ गया था।

देखते-देखते साऊ का ब्याह हुआ, उसके घर ऊपर-तले के तीन बेटे जन्मे और भाभी मोरनी उनको चूम-चूम, चाट-चाट खिलाती रही। उसकी अपनी जून निष्फल जा रही थी। गांव की कोई बड़ी-बूढ़ी दुखियाती, तो वह साऊ के बेटों को घुटनों पर बिठाकर दही-शक्कर खिलाती हुई हंसकर कहती—

"ना बेबे, कोई दुख नहीं। औरत को यही दुख होता है ना कि बुढ़ापे में जब घुटनों में पानी पड़ जाएगा, तब...अरी, तब त्रिफला ही खाना होता है ना..." और वह साऊ के बेटों का मुंह चूमती हुई कहती—

"यह देख मेरे हरड़-बहेड़े-आंवले, ज़रा-सी मोह की फंकी भी न देंगे?"

"अरी, उसके यहां देर होती है, अंधेर नहीं।" अगली दिल रखने को कह दिया करती थी। पर जब भाभी मोरनी के आंगन में पैल डालने वाला भर गया, तो जिसके घर सुना था—अंधेर नहीं होता, उसके घर भी अंधेर मच गया।

"मोरनी तो पैरों को देख-देखकर झूरती है, पर जब औरत को झूरना पड़ता है, वह माथे के लेख को देख-देखकर झूरती है।" वह जब अब कुछ सहने योग्य हुई थी तो उठती-बैठती के मुंह से यही निकलता।

गम जब उतरता है, तो औरत की छाती में उतरता है और मर्द के हाथों में। साऊ हाड़ फोड़कर अपने खेतों को भी गोड़ता-बीजता और भाभी मोरनी के खेतों को भी। जो कमी ख़ुदा ने कर दी थी, उसे वह इंसान की ज़ात भर नहीं सकता था, पर और कोई कमी उसने भाभी मोरनी को न आने दी थी।

'बच्चों के हीले चूल्हे में आग तो जलाएगी, नहीं तो बासी-तिबासी खाकर पड़ रहेगी'—साऊ मन में सोचता और बच्चों को किसी-न-किसी बहाने उसके घर भेज देता था। वैसे भी एक दीवार का उलांघन ही था—बच्चे कई बार दीवार के इस पार सोते और उस पार जागते। सोते हुओं को उनकी मां उठाकर ले जाती, या भाभी मोरनी कंधे से लगाकर छोड़ आती।

और फिर अचानक साऊ की औरत अपने नैहर अपने बाप के मरने पर गई, जैसे अपने ही मरने पर गई हो। एक ही रात में उसके कलेजे में पीर उठी, किसी हौल सरीखी, जिसने दूसरा दिन भी न देखने दिया।... "उसकी चिता उसे बुलाती थी," कहते हैं कि बिलखते उसके नैहरिये—ससुरालिये उसे रो बैठे, तो साऊ को अगली फिकर लगी, उसके बच्चों का क्या होगा? उसने भाभी मोरनी का दर खटखटाया—

"यह तेरे हरड़-बहेड़े-आंवले रुल जाएंगे. इन्हें संभाल ले।"

उस वक़्त भाभी मोरनी ने अंसुआई आंखों से बच्चों को तो कलेजे से लगा लिया था, पर कहा था—

"साऊ, तेरे बहुत एहसान हैं मुझ पर, मेरा रोम-रोम बिंधा पड़ा है तेरे एहसानों से, पर जग का मुंह कौन थामेगा?" और फिर साऊ का मुंह ऐसे रिसिया गया था जैसे आग में तपी ईंट पर किसी ने पानी का छींटा दे दिया हो। जग आंखों की ओट में था, साऊ आंखों के सम्मुख, भाभी मोरनी अपने पैरों की तरफ़ देखती और झूरती हुई कहने लगी—

"अच्छा देवर जी! मेरी पत तेरे हाथ है, मैं तेरे बेटों की सेवा से मुंकिर नहीं होती।"

फिर जो दीवार का उलांघन था, वह तो वैसे ही रहा, पर दो घर, समेत दीवारों के, जैसे एक हो गए थे। भाभी मोरनी ने बच्चों को मां का

हौका न लगने दिया—गर्मी हो चाहे सर्दी, उसकी भूख-प्यास भी बच्चों की भूख-प्यास में मिल गई थी। कोई डेढ़ बरस पीछे ज़ो दीवार दोनों घरों को बांटती थी, उसके मेहों से लेबड़े उतर गए, तो उसने दोबारा उसे लीपने-पोतने का जतन नहीं किया था। फिर एक जगह खोखल-सा हुआ, तो बच्चों ने उसमें से लांघकर धीरे-धीरे उसको नीचे ज़मीन से लगा दिया। जैसे वह दीवार ख़ुदा ही अपनी आंखों में हकीर होकर ढेला-ढेला गिर गई...

धीरे-धीरे लड़के उसके कंधों से ऊंचे हो गए और फिर धीरे-धीरे यह हो गया कि भाभी मोरनी खुद मुश्किल से लड़कों के कंधों तक पहुंचती।

साऊ ने जोग तो किसी से नहीं लिया था, पर गांव वाले कहते थे कि वह पिछले जन्म का जोगी ज़रूर था। उसकी करनी सच्चे साधुओं जैसी थी...

'अरी निगोड़ी! अब यह पूनियां कैसे कातेगी?' जो सोच भाभी मोरनी को बीस बरस नहीं आई थी, शायद उसके पास फुर्सत नहीं थी, पर अब तीनों लड़के जब शहर चले गए तो यही सोच उसे उठते-बैठते आने लगी...

छाती उस नीड़ सरीखी हो गई थी जिसमें से पखेरू उड़ गए हों। छाती, के खोहड़ की ओर देखती वह दलीलों में पड़ी हुई थी कि बाहर का दरवाज़ा किसी ने खटखटाया...

'शायद शहर से बड़का आया हो...' उठकर बाहरले दरवाज़े तक पहुंचती ने कितनी ही सोचें मथ डालीं—'हठीले को बहुतेरा कहा था कि बेटों की तरह माथे पर सेहरा बांधकर ब्याह कर और डोला घर लेकर आ... वहां पता नहीं क्या किया, क्या न किया, बस खत लिख छोड़ा कि ब्याह हो गया है...'

ऐसे ही रात-भर के लिए आया था—ईसाइनी-सी लगती थी—वह भी। चलो उसकी मरज़ी...फिर बहुतेरा कहा कि वह पूरे दिनों पर होगी तो घर छोड़ जाना। वहां शहरों में कौन रखाई कर सके है...वही बात हुई—कच्चे हाड़ों उसने पता नहीं क्या खाया और क्या पिया कि अपना बच्चा छोड़कर जापे में ही मर गई...और वह आज मरी कल दूसरा दिन,

बिगड़ैल से दो महीने भी सब्र न हुआ, तीजे मास ही और ब्याह करने को फिर रहा है...

पर कुंडा खोला तो शहर से आया बड़का नहीं था, साऊ ही दिन छिपे घर लौट आया था।

"तेरा जी तो राज़ी है ना साऊ!" भाभी मोरनी सहम-सी गई।

"वैसे तो राज़ी है, यूं ही एक सलाह लेनी थी तुझसे..." अंदर आते हुए साऊ ने कहा, तो भाभी मोरनी ने उसकी खटिया की पाटी पर बैठते हुए पूछा—

"क्या भला? बड़के का कोई खत आया है?"

"पुराने समय में परियों की जान तोतों में हुआ करती थी...तेरी भी आधी जान बड़के में और बाकी आधी जान छुटकों में पड़ी है..." साऊ सोचों में डूबा-सा भी लग रहा था और रौ में भी था...

"काहे को! उनके लिए तो मैं जीते-जी मर गई—निगोड़े कभी झलक दिखाने, भी नहीं आते..."

भाभी मोरनी ने जैसे उलाहना-सा दिया...

"तू खुश नहीं कि जैसे-तैसे उनसे निबटी है—उनके पीछे तूने अपना आपा गला लिया।"

"और अब ख़ाली बैठी मैंने अपना अचार डालना है?"

"अच्छा, फिर ख़ाली न बैठ। बड़के का खत आया है कि उसने और ब्याह करना है, पर उसकी नवोढ़ा उसके बच्चे को रखने में राज़ी नहीं..."

"हाय, मैं मर जाऊं...कोई बेटों से भी मुंह फेरता है..."

"और वह लिखता है कि अगर तुम कहो तो मैं बच्चे को तुम्हारे पास छोड़ जाऊं..."

भाभी मोरनी का मन कुछ भर आया। कहने लगी, "साऊ! तेरी कोई उम्र थी जब तेरी औरत मरी थी, पर तूने ना सोचा कि घर को फिर बसा लूं। अब देख, लड़के से चार दिन नहीं काटे गए..."

"मेरी बात और थी भाभी!" साऊ ने अनायास ही एक हौका-सा भरा।

"क्यों, तेरी बात कैसे और थी? तू तो अपने बेटों से भी सात गुना

सवाया था..."

साऊ अपने में खोया-सा सामने दीवार की ओर देखता रहा। फिर आहिस्ता से बोला—

"बस, तुम्हें देख लेता था..."

"हैं रे..." भाभी मोरनी के सफ़ेद बादलों सरीखे बालों में से जैसे बिजली कौंध गई।

"और ऐसे ही तो नहीं जवानी जर ली..." साऊ के चेहरे पर एक रोशनी-सी आई...

"जो बीत गई, अच्छी बीत गई, अब बुढ़ापे में..." वह हड़बड़ाई-सी बोली।

"और मैं कब कहता हूं, अच्छी नहीं कटी—तूने एक बात कही थी—देवर जी! मेरी पत तेरे हाथ है—मैंने अपना वचन निभा दिया..." साऊ की छाती आज पता नहीं बादल की तरह बरस पड़ी थी।

भाभी मोरनी कितनी देर तक धरती की ओर देखती रही। फिर धरती की तरह अडोल हो गई—

"अच्छा साऊ! जो बात सारी उम्र नहीं सोची, अब काहे को सोचनी है..."

साऊ कितनी देर तक तालू से अपनी जीभ मलता रहा, फिर कहने लगा, "अच्छा, बता, फिर लड़के का क्या करें?"

भाभी मोरनी सहज-सी बोली—

"लड़के का क्या करना है, घर ले आओ। वह यहां खटोले पर पड़ा होगा तो घर फिर बसता लगेगा..."

साऊ ने उठकर कार्ड पर दो अक्षर लिखे और फिर ख़ाली-सा होकर रोज़ की तरह अपने कोने में बैठकर दारू का घूंट पीने लगा...

भाभी मोरनी ने रोज़ की तरह चूल्हे पर दाल रखी और फिर ख़ाली-सी होकर खड़ी-खड़ी को पता नहीं क्या हुआ—छाती में एक लपट-सी उठी और उसने मिट्टी की अंगीठी में चार छिपटियां डालीं और तेल की कड़ाही

चढ़ाई और फिर प्याज के छोटे-छोटे पकौड़े तलकर दारू पीते हुए साऊ के पास रख आई।

पांचवें दिन बड़का शहर से आया और रात की रात रहकर वह चार महीने के बलूंगडे-से को भाभी मोरनी की झोली में डालकर चला गया, तो भाभी मोरनी ने सफ़ेद जीरे की फंकी मारकर बच्चे को छाती से लगा लिया।

गांव की यह दंतकथा अब भी सुनाई में आती है कि साऊ का वह पोता पूरा एक बरस भाभी मोरनी का दूध पीता रहा...

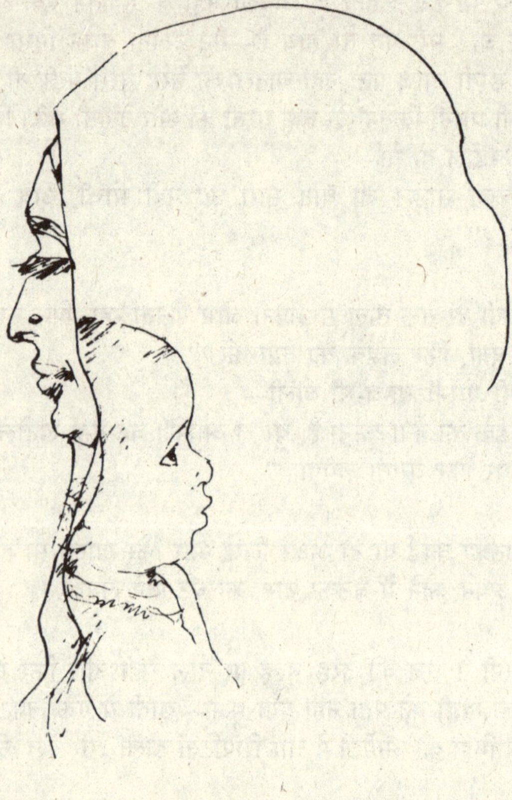

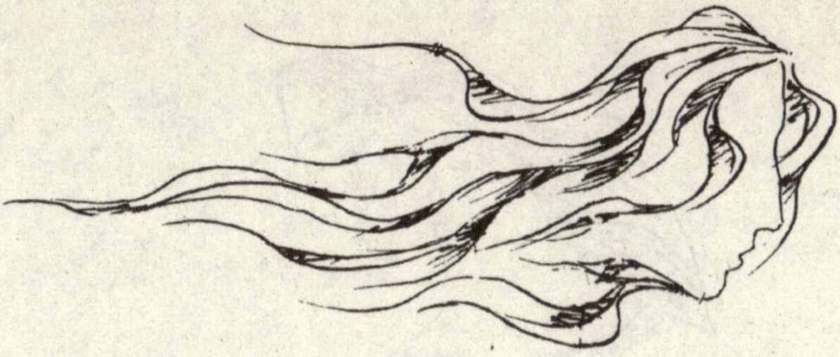

और ये दास्तानें

हर इंसान की तीन काया होती हैं—

स्थूल काया, सूक्ष्म काया और कारण काया। वैसे तो इनके भी पीछे महाकारण काया होती है, लेकिन वो ज़रा दूर की बात है...

जो कुछ स्थूल काया में घटता है, दिखाई देता है, लेकिन उसके बीज सूक्ष्म और कारण काया में होते हैं, जो हमें दिखाई नहीं देते। और वही बीज स्थूल काया की मिट्टी में पनपते हैं, जिन्हें हम जीते हैं, भोगते हैं, झेलते हैं...

हकीकत में वे बीज हैं, जो कारण काया से सूक्ष्म काया में उतरते हैं और फिर स्थूल काया में उनकी परछाइयां दिखाई देती हैं।

ये परछाइयां हैं, जिन्हें हम हैरत से देखते रह जाते हैं...

जाने ख़ुदा ये कैसी दास्तानें हैं कि इनके रहस्य पकड़ में नहीं आते, लेकिन लोगों को अकसर इस तरह के कई अनुभव होते हैं, जिनमें से कुछ एक को लेकर मैंने कहानियों की सूरत दी है।

यहां वे कहानियां दे रही हूं, जिनके रहस्य पकड़ में नहीं आते।

नाता

घर की दीवारें भी आज मां प्रेमा के गुलाबी दुपट्टे की तरह हो गई थीं...

आंगन शगुनों से भरा हुआ था। मां प्रेमा का बड़ा बेटा इंद्रराज जिस लड़की को ब्याहकर लाया था, वो किनारी वाले कपड़ों में लिपटी हुई एक रंगीन पीढ़े पर बैठी थी और दूर-पास की नाते-रिश्ते वाली औरतें हंसती-गाती मुंह दिखाई की रस्म कर रही थीं...

प्रेम की रिश्ते में लगती मौसी ने कहा—

"सुन री प्रेमा, जैसे दो बेटे पैदा किए, अब दो डोलियां घर में ला..."

आंगन में बड़ा इंद्रराज भी था और छोटा उसके बराबर का संजय भी। वो दोनों डोली के साथ आए मिठाइयों के थाल और फलों के टोकरे एक कमरे में रखवा रहे थे...

मौसी की बात सुनकर कई नाते-रिश्ते वाली औरतें संजय से कहने लगीं—

"अरे, जिस घर ब्याहने गए थे, क्या वहां एक ही लड़की थी? तू भी कोई उठा लाता अपनी भाभी जैसी परीज़ादी..."

संजय हंसने लगा, कहा—

"लड़कियां तो गांव में बहुत थीं, पर भाभी जैसी कोई नहीं थी..."

पीढ़े पर बैठी दीप्ति को घूंघट में हंसी-सी आ गई।

एक औरत बोली—

"अरे साऊ, अभी तो तूने भाभी को देखा भी नहीं, पहले ही मुग्ध हुआ जाता है?"

दूसरी बोली—

"पहले मुंह दिखाई तो कर ले। निकाल कोई सोने की मोहर और भाभी के हाथ पर रख, फिर बातें बनाना..."

संजय बोला—

"भाभी तो मैंने देख ली थी फेरों के समय ही, जब उसका दुपट्टा उसके पैर में अटक गया था और सिर का पल्ला ज़रा उतर गया था..."

एक और बोली—

"पर अब तू मुंह दिखाई के रुपए बचाना चाहता है?"

संजय जल्दी से बोला—

"रुपए काहे के चाची, मैं तो सोने की मोहर हाथ पर रखूंगा...बड़े दिन से सम्भालकर रखी है।"

एक नातेदारिन बोली—

"अरे, वही एक मोहर दे बैठा, तो कल को जिसे घर लाएगा, उसके हाथ पर क्या रखेगा?"

संजय ने उत्तर नहीं दिया और आगे होकर भाभी की मेहंदी वाली हथेली पर मोहर रखकर उसका घूंघट उठा दिया...

वो जाने कैसी घड़ी थी, दीप्ति ने आंखें उठाकर संजय की ओर देखा, तो घर की सारी दीवारें उसके दिल की तरह धड़कने लग गईं...

दूसरे रोज़ मां प्रेमा फलों के टोकरे खोलकर कुछ बांट रही थी, कुछ सम्भाल रही थी, और मिठाइयों के थाल भी शरीके में बांटती, सम्भाल रही थी कि बाहर से आते हुए संजय ने खजूरों का एक थाल देखते हुए

कहा—

"मां, ये सारी खजूरें मेरे लिए रखना।" और पास खड़ी दीप्ति से कहना लगा—

"भाभी! ये दसौरी खजूरें कहां से मंगवा ली थीं?"

घर का बापू जसराज और बड़ा बेटा इंद्रराज अपनी ज़मींदारी को देखने के लिए रोज़ की तरह खेतों में जा चुके थे, इसलिए दीप्ति ने पल्ला ऊंचा किया हुआ था। वह संजय की तरफ़ देखती हुई बोली

'दसौर से..."

जवाब सीधा-सा था, दसौरी खजूरें दसौर से ही आनी थीं, पर दीप्ति की हाज़िरजवाबी से संजय को हंसी भी आई और अपने सवाल पर शरमिंदगी-सी भी। थोड़ा-सा चुप रहने के बाद बोला—

"और भाभी कहां से मंगवाई?"

दीप्ति ने जवाब दिया, पर बात को ज़रा बदलकर। संजय की ओर देखती हुई कहने लगी—

"कुछ लोग सीधा खुदा की दरगाह से आते हैं..."

संजय ने आंखें झुका लीं।

मां प्रेमा कहने लगी—

"बेटी, ये खजूरों की बात इसलिए कर रहा था कि इसे दो-चार खजूरें रात को पानी में भिगोकर सुबह उठकर खानी अच्छी लगती हैं। और खजूरों वाला पानी भी..."

और उससे दूसरी सुबह जब संजय सोकर उठा, देखा, उसकी चारपाई के पास एक तिपाई पर एक शीशे की कटोरी में पांच खजूरें पड़ी थीं... संजय बोल उठा

"आज तो मां ने मेरी बात याद रखी..."

मां प्रेमा ने भी संजय की चारपाई की ओर देखा और हंस दी, कहने लगी—

"अरे, मैं तो भूल गई थी, तेरी भाभी को सब याद था।"

दीप्ति ने हंसकर चेहरा दूसरी ओर कर लिया।

दीप्ति भी बड़े घर की थी। वाहिवानों की बेटी थी, इसलिए उसके हाथ कामकाज से हिले हुए थे। उसे अभी आए चार दिन ही हुए थे कि आते ही उसने घर का सारा काम सम्भाल लिया था...

मां प्रेमा बहुत खुश थी।

जसराज के खेत गांव के साथ बहती नहर से इस तरफ़ भी पड़ते थे, उस तरफ़ भी। इसलिए जसराज रोज़ इंद्रराज को लेकर जाते और काम पर नज़र रखते। फलों वाले बाग़ों का काम देखना संजय को पसंद था...

एक दिन दीप्ति घर से जाते हुए संजय से कहने लगी—

"वहां बाग़ों में मोर भी होते हैं?"

संजय ने नज़र भरकर भाभी की ओर देखा और कहने लगा—

"मोर भी होते हैं, कोयलें भी होती हैं...अब जब आम पकेंगे, रोज़ कोयलों की आवाज़ सुनाई देगी..."

पास बैठी मां प्रेमा ने कहा—

"बेटा, एक दिन भाभी को सारे बाग़ दिखा के ला..."

संजय कहने लगा—

"क्यों भाभी, चलेगी?"

दीप्ति ने सिर झुका लिया, कहने लगी—

"जिस दिन मां चलेगी, मां के साथ चलूंगी।"

घर की हवा जाने शरीकों के कानों के पास से होकर क्यों गुज़रती है, जिन्हें किसी का सुख नहीं भाता...

धनराज के शरीके से लगती भाई कर्मराज की नहर के दूसरी ओर कई ज़मीनें थीं, पर अंदर ही अंदर बहुत देर से एक ईर्ष्या चली आती थी। मिलना-जुलना बना हुआ था, इसलिए एक दिन कर्मराज की ज़नानी धनदेई प्रेमा के घर आई और कहने लगी—

"बड़े लड़के की सास कुछ बीमार थी, उसकी ख़बर-सार लेने आई थी। मैंने सोचा, बहन प्रेमा से भी मिलती जाऊं..."

"अच्छा किया धनदेई, रिश्ता तो मिलने का होता है..." प्रेमा ने कहा और धनदेई के बैठने के लिए निवाड़ की चारपाई पर चादर बिछा दी, फिर अंदर जाकर कुछ मिठाई ले आई...

धनदेई कहने लगी—

"अरी, अब ये मट्ठी-मिठाई कहां खाई जाती है। अब तो चाय के घूंटों पर आ गई हूं। ज़रा अदरक डालकर चाय का घूंट पिला दे..."

प्रेमा ने चाय बनाई। आगे रखी तो धनदेई इधर-उधर देखती पूछने लगी—

"लड़की कहां है? कहीं नज़र नहीं आ रही।"

"दो दिन के लिए मायके गई है," प्रेमा ने कहा, तो धनदेई पूछने लगी—

"अच्छा, यह बता, अभी उसके पैर भारी हुए कि नहीं? साल-भर तो होने लगा ब्याही को..."

प्रेमा ने कहा—

"नहीं, अभी नहीं। हंस-खेल ले चार दिन, फिर तो सारी उम्र कबीलदारी में ही पड़ना होता है..."

"अच्छा, यह बता, छोटे लड़के का रिश्ता कहीं किया है?"

प्रेमा हंस दी, कहने लगी—

"तेरे से पूछे बिना कैसे करूंगी!"

"फिर मैं कोई रिश्ता लाऊं?" धनदेई ने कहा तो प्रेमा कहने लगी—

"पूछताछ तो कई जगह से आती है, पर अभी लड़का मानता नहीं..."

"हूं!" धनदेई ने कहा और कुछ सोचती-सी कहने लगी—

"मैं कहती हूं, उसका घर जल्दी बसा दे।"

प्रेमा धनदेई के एक-एक शब्द पर गौर कर रही थी, कहने लगी—

"दो बरस तो गुज़रने दे। वैसे भी वो बड़े से दो बरस छोटा है..."

धनदेई ने बात पलट दी, कहने लगी

"जैसी सुंदर बड़े के लिए लाई हो वैसी ही छोटे के लिए लाना..."

प्रेमा ने कुछ नहीं कहा। धनदेई ही कहने लगी—

"तेरी बड़ी बहू तो जी भरकर सुंदर है। जहां बैठती, गुज़रती हैं, लोग देखते रह जाते हैं..."

प्रेमा ने मन में कहा—

'धनदेई ने तो सिर्फ उसे एक ही दिन देखा था, जब उसकी डोली आई थी, फिर कभी इधर आई नहीं, अब जाने क्या कहने लगी है...'

धनदेई बोली—

"मेरे बड़े लड़के ने एक दिन देखी थी, तुम्हारे आम वाले बाग़ में, गई होगी संजय के साथ, अपनी बाग़-बगिया देखने के लिए..."

प्रेमा को मन में हंसी आ गई कि देखने वाले को सिर्फ़ वही दिखाई दी, मैं नहीं दिखाई दी? मैं भी तो साथ में थी। संजय हम दोनों को अपनी जीप में लेकर गया था...

पर प्रेमा ने कुछ नहीं कहा।

धनदेई ही बोली—

"मैं तुम्हें यही कहने आई हूं कि अब छोटे का घर बसा दे, नहीं तो वो लड़के को हाथों में कर लेगी..."

प्रेमा के कान खड़े हो गए, पर उसने कहा कुछ नहीं।

धनदेई कहने लगी—

"अरे, ऐसी तो हथेलियों पर चुग्गा चुगाती हैं..."

प्रेमा ने ज़रा कड़ी आंखों से धनदेई की ओर देखा, मन में आया कि इससे पूछूं, 'ऐसी' का क्या मतलब? पर उसने कहा कुछ नहीं।

धनदेई बोली—

"अरी! तेरे भले की कहती हूं। ऐसी परीज़ादियां पहले देवरों को हाथों में लेती हैं, फिर बुक्कल में ले लेती हैं..."

प्रेमा ज़रा तमतमाई-सी चारपाई से उठ बैठी और उसने सारा ग़ुस्सा होंठों में पी लिया...

धनदेई ने बात सम्भाली, कहने लगी—

"अच्छा, चलती हूं, ज़रा दूर जाना है। अंधेरा होने वाला है।" और जाती-जाती हंसकर कहने लगी—

"अब तेरे छोटे के ब्याह पर आऊंगी..."

प्रेमा ने सोचा कि आज अच्छा हुआ कि दीप्ति घर में नहीं थी, साथ ही उसे ख़याल आया—यह धनदेई मौक़ा देखकर आई है, ऐसे नहीं आई। इसे ज़रूर पता होगा कि लड़की मायके गई हुई है...

क़िस्मत का तकुआ जब थोड़ा टेढ़ा हो जाए तो उसका कोई लोहार नहीं होता...

तीन बाग़ों के फल जब अपने-अपने मौसम में पकने वाले होते तो संजय अपनी जीप लेकर एक बार शहर में जाता था, मंडी के बदलते हुए मोल-तोल को देखने के लिए। इस बार भी एक दिन के लिए वो शहर गया था, लेकिन लौटते हुए रात उतर आई थी और नहर पर बनते हुए बड़े पुल के पत्थरों से टकराकर उसकी जीप उलट गई...

यह हादसा ऐसा था कि घर की चारों दीवारें हिल गईं। संजय की मौत से कोई दीवार मां की रुलाई जैसी हो गई। दूसरी दीवार बाप की टूटी हुई हिम्मत जैसी और एक भाई के दुख जैसी। और एक दीवार थी जो दीप्ति के चेहरे की तरह पीली ज़र्द हो गई...

घर के लोग जैसे ज़िंदा लोगों में नहीं रहे थे। दिन आते रहे, जाते रहे, लेकिन मन से रोटी का निवाला भी खा पाना सबके लिए मुश्किल हो गया था...

जसराज अपने खेतों की मेंड़ पर चलता तो उसके पैर डगमगाने लगते। उसे लगता, जैसे वो बेटे की लाश कंधों पर उठाकर चल रहा हो...

मां प्रेमा के घुटनों में ऐसी सूजन पड़ी कि वो चारपाई से उठती तो गिरने को हो जाती...

इंद्रराज की बांहों में जैसे जान नहीं होती। कामगारों के साथ मिलकर कुछ रखता-उठाता तो कहता—

"बांहें दो भाइयों के साथ होती हैं..."

दीप्ति कुछ रांधती-पकाती, सबके आगे थाली परसती, घर में डोलती-फिरती एक छाया जैसी हो गई थी...

संजय की बरसी होने वाली थी, जब एक रात प्रेमा कांपती-सी अपनी चारपाई से उठी और अपने मर्द की चारपाई के पाये के पास बैठती मर्द को जगाने लगी। जसराज ने कंधों की चादर हटकार देखा तो प्रेमा ने उसका हाथ पकड़कर कहा—

"अभी संजय आया था मुझे मिलने के लिए..."

"कोई सपना देखा है?" जसराज चारपाई पर बैठा-सा हो गया।

"हां," प्रेमा की आवाज़ कांप रही थी, कहने लगी—

"ईश्वर की बात तो ईश्वर जाने, वो जाने क्या कह गया है।"

जसराज ने प्रेमा को ज़मीन से उठाकर चारपाई की पट्टी पर बैठा दिया और पूछने लगा—

"उसने कोई बात की है?"

प्रेमा बोली—

"हां! वही तो समझ में नहीं आई है। बस, एक नज़र देखा। हंस रहा था। कहने लगा—मां, तू रोती क्यों है? मैं तेरे पास फिर से आ जाऊंगा..."

"क्या?" जसराज रात के अंधेरे को इस तरह देखने लगा जैसे वो अंधेरा शायद कुछ बताएगा...

प्रेमा बिलख-सी गई—

"वही तो उसकी बात समझ में नहीं आई..."

जसराज कुछ देर खामोश रहा, फिर कहने लगा—

"अच्छा, जो भी बात है, अब किसी से कुछ बोलना नहीं..."

प्रेमा भी खामोश-सी हो गई, फिर कहने लगी—

"मैंने तो सोचा था, किसी फकीर-साईं से कुछ पूछूं जाकर कि इसका क्या मतलब था..."

"नहीं, किसी से कुछ मत पूछना, न कुछ बताना। इंद्र से भी नहीं और दीप्ति से भी नहीं। बस, यह बात मेरे तक ही रहने दे।" जसराज ने प्रेमा को फिर से ताकीद की...

एक सुबह कुछ देर-सी हो गई, दीप्ति अभी चारपाई से उठी नहीं थी और चाय का घूंट किसी को नहीं मिला था। प्रेमा के घुटनों पर, जब से सूजन आई थी, सुबह उठकर उसे गरम घूंट चाय का चाहिए होता था, लेकिन आज दीप्ति ने अभी तक चूल्हे पर पानी नहीं चढ़ाया था। वो अपनी चारपाई की पट्टी को पकड़कर मुश्किल से उठी और देखा—दीप्ति अपनी चारपाई पर बैठी अपने हाथों की ओर देख रही थी...

प्रेमा उसके पास गई तो दीप्ति ने डबडबाई आंखों से उसकी ओर

देखा, पर बोली नहीं।

प्रेमा ने दीप्ति के सिर पर हाथ रखा, पूछा—

"बेटी, तू ठीक तो है?"

दीप्ति ने मां जैसी सास की छाती से सिर लगा दिया और रोने लगी...बोली—

"मां, आज मैंने संजय को देखा था, बहुत दूर से। पास गई तो उसकी चारपाई ख़ाली थी। वही, जो आम के पेड़ की छाया में रखकर वो बैठता था..."

मां प्रेमा ने पल्लू से दीप्ति की आंखें पोंछी, लेकिन वो रुंधी-सी आवाज़ में कहने लगी—

"यह जाने क्या सपना था—मैंने मीठे चावल पकाए, गुड़ और गाजर डालकर, गरी और मेवे डालकर, वो संजय को बहुत अच्छे लगते थे। मैं एक बड़ा-सा कटोरा भरकर आमों वाले बाग़ में चली गई, उसे देने के लिए..."

मां प्रेमा उसके सिर को सहलाती रही, पर बोली नहीं। दीप्ति कह रही थी—

"बाग़ में जाते ही मैंने उसे देखा था, दूर से, पास गई तो चारपाई ख़ाली थी... मैंने सोचा, यहीं कहीं होगा। मैंने कटोरा चारपाई पर रख दिया और उसे ढूंढ़ने लग गई...कितने ही पेड़ों के पीछे देखा, पर वो कहीं नहीं था। फिर चारपाई के पास आई तो अजीब बात हुई..."

मां प्रेमा ने बैरागी-सी आवाज़ में कहा—

"क्या हुआ फिर?"

दीप्ति की रुलाई रुकती नहीं थी, कहने लगी—

"इतने में पेड़ पर से एक आम नीचे गिर गया, चारपाई पर। मैंने सोचा, वो जाने पेड पर चढ़ गया है और उसने यह आम तोड़कर गिराया। है..."

प्रेमा का दिल धड़कने लग गया, पूछने लगी—

"फिर?"

दीप्ति न कहा—

"लेकिन वो पेड़ पर भी नहीं था, कहीं नहीं था। मैं चारपाई से

आम उठाकर खड़ी थी कि सारा सपना टूट गया..."

मां प्रेमा चुप ही चुप रह गई। मन में कई बातें आईं और गईं, पर वो बोली नहीं...

मुश्किल से एक-डेढ़ महीना गुज़रा था कि दीप्ति को उबकाइयां आने लगीं। गांव की दाई को बुलाया, जिसने मां प्रेमा को बधाई देते हुए कहा—

"अरे, लड़की को उम्मीदवारी हो गई है।"

फिर कई महीने कुछ खिले-खिले भी थे, बिल्के हुए भी...

और जब दीप्ति को पीड़ा शुरू हुई, गांव की दाई ने सारी रात उसके पास बैठकर गुज़ारी...

दिन की लौ लगने वाली थी जिस वक़्त दाई ने बाहर आंगन में आकर कहा—

"जागो रे! घर में बेटा आया..."

मां प्रेमा तो पहले ही जाग गई थी, दीप्ति के पास ही उसने रात गुज़ारी थी, और थोड़ी देर हुई बाहर आकर चारपाई पर थोड़ी सुस्ताई थी। लेकिन जसराज और इंद्रराज सोए-जागते-से दाई की आवाज़ सुनकर उठ बैठे...

दीप्ति पूरी तरह होश में नहीं थी, निढाल-सी पड़ी थी, जब दाई ने बच्चे की नाल काटकर उसे नहलाया-धुलाया और मुलायम-से कपड़े में लपेटकर मां प्रेमा की झोली में दे दिया और हंसते हुए रोते बच्चे को चुप कराती कहने लगी—

"ले, अब दादी के हाथ से घुट्टी ले ले।"

प्रेमा ने कांपते-से हाथ से बच्चे को थोड़ी-सी शहद चटाई, फिर उसके कंधे की ओर देखकर कहने लगी—

"वही! बिलकुल वही!" और अपने मर्द को आवाज़ें देती बावरी-सी हो गई...

जसराज और इंद्रराज जब कमरे में आए तो प्रेमा बावरी-सी हुई कहने लगी—

"ये देखो, इसके कंधे पर वही तीन तिल पड़े हुए हैं, जिन्हें देखकर

सब कहते थे कि मेरे बेटे के कंधे पर ब्रह्मा, विष्णु और शिव तीनों बैठे हुए हैं..."

जसराज ने बच्चे को बांहों में लिया और उसके कंधे पर के तीनों तिल चूमने लगा। फिर भरी आवाज़ में बोला—

"वही माथा, वही ठोड़ी, वही तिल...वही, वही..." और वो प्रेमा की ओर देखता हुआ कहने लगा—

"वो सच कह गया था कि मां, तू रोती क्यों है, मैं तेरे पास फिर से आ जाऊंगा..."

जसराज ने बच्चे को इंद्रराज की बांहों में देते हुए कहा—

"यह ले! यह तेरा भाई भी है, तेरा बेटा भी..."

इंद्रराज की आंखें भर आईं, कहने लगा—

"दीप्ति ने बताया था कि आम वाले बाग़ में संजय ने ही पेड़ पर चढ़कर एक आम उस पर गिराया था..."

दीप्ति पूरी तरह होश में नहीं थी, लेकिन ये सारी आवाज़ें उसके कानों में पड़ती रहीं, जो उसे होश में ले आईं। वो दोनों बांहें फैलाकर बोली—

"सचमुच वही?"

इंद्रराज ने बच्चे को दीप्ति की बांहों में दे दिया तो उसने बच्चे को अपने गले से लगा लिया...

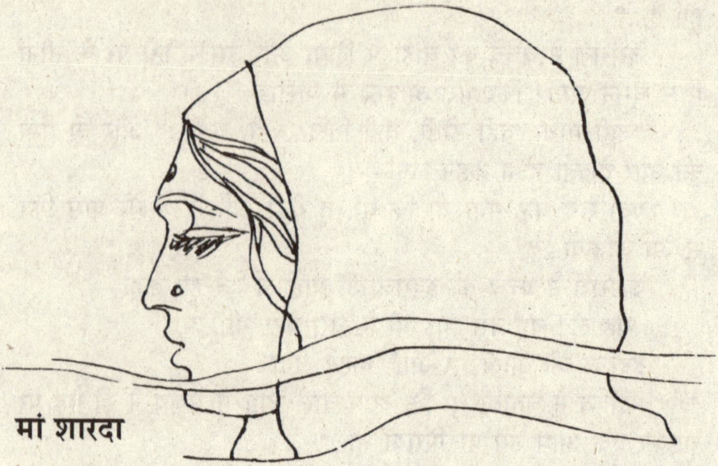

मां शारदा

शारदा मां की दो बेटियां थीं। बड़ी उत्तराषाढा नक्षत्र में पैदा हुई थी, इसलिए उसका नाम उत्तरा हो गया था और छोटी बेटी स्वाति नक्षत्र में पैदा हुई थी, इसलिए सब उसे स्वाति कहने लगे थे...

शारदा के घर ये दोनों बेटियां कुछ बड़ी उम्र में हुई थीं, इसलिए उन्हें पालते, पढ़ाते और ब्याहते हुए शारदा की और उसके मर्द की उम्र ढल गई...

अब वे दोनों ढली उम्र में अकेले अपने पुश्तैनी घर में रहते थे। बेटियों के ब्याह बहुत दूर नहीं किए थे, उनके अपने कस्बे से बस दो-दो नगरों के फासले पर, इसलिए वो अक्सर अपने मां-बाप से मिलने चली आतीं। जब आतीं तो मां-बाप के आंगन लिख जाते...

मर्द की उम्र कुछ ज़्यादा ढल गई थी, लेकिन शारदा के हाथ-पैर अब भी रांधने-पकाने के लिए और घर को झाड़ने-बुहारने के लिए चुस्त थे। जिस दिन किसी बेटी ने आना होता, वो बेटी की पसंद की सब्ज़ी-भाजी बनाती, उसके पहनने-खर्चने के लिए कुछ रखा-रखाया भी निकाल

लेती...और बेटियां कभी-कभी ग़ुस्सा करतीं—

"मां! हम तो आती हैं घड़ी-भर सुख देने के लिए और तुम उलटा कितनी तकलीफ झेलती हो..." और मां शारदा हंसती-सी कहती—

"अरे, इन दिनों के लिए ही तो मैं सपने लेती थी..."

एक-दो बार उत्तरा ने भी और स्वाति ने भी क़ुदरत से शिकवा-सा किया—

"मां, अगर हमारी जगह क़ुदरत तुम्हें बेटे दे देती, वे पास रहते, दुख-सुख का सहारा बनते..." और मां हंसती-सी कहती—

"अरी रहने दो, बेटे वालों के घर कैसी दीवारें खड़ी हो रही हैं, और माथे पर जाने कितने तेवर पड़ने लगे हैं, कभी उनका हाल देखा है? मेरी बेटियों जैसा कोई हो तो सही...लोग तो खुद ही दीवारें बनाते हैं और खुद ही दीवारों के साथ लगकर रोते हैं..."

एक बार उत्तरा आने वाली सर्दियों के लिए मां के लिए एक मोटी ऊन की चादर बुन लाई तो मां ने कहा—

"हाय, मैं मर जाऊं! तू रातों को बैठ-बैठकर बुनती रही होगी...तुम्हारी ममता मुझे ठंड नहीं लगने देती..."

एक बार बहुत ठंडी रात थी कि आधी रात के समय मां शारदा पसीने में भीगी-सी चौंककर उठी और कमरे के अंधेरे में अपने मर्द की चारपाई को टटोलती हुई कहने लगी—

"सुनो तो, यह मैंने क्या कर डाला..."

मर्द ने करवट ली और और सोया-जागता-सा कहने लगा—

"क्या हुआ? कोई सपना आया था?"

"हां-हां, सुनो तो मैंने क्या कर दिया..." शारदा इतनी घबराई-सी थी कि उसका मर्द उठकर चारपाई पर बैठ गया और अपनी औरत का हाथ पकड़कर हंसने लगा—

"अच्छा बताओ..."

शारदा की आवाज़ कांप-सी रही थी, कहने लगी—

"अभी देखा कि स्वाति आई हुई है, पेट से है, और फिर यहीं इसी चारपाई पर पड़ी थी, जब उसके यहां बेटा पैदा हो गया। मैंने बच्चे को नहला-धुलाकर शहद की घुट्टी दी और फिर बच्चे को उत्तरा की झोली में डाल दिया...उत्तरा भी पास ही बैठी थी...यह मैंने क्या कर दिया...स्वाति का बच्चा लेकर मैंने उत्तरा की गोद में डाल दिया..."

मर्द हंसने लगा, कहने लगा—

"तुम्हें हर वक़्त उत्तरा की फ़िक्र रहती है न कि उसके घर कोई बच्चा नहीं हुआ..."

शारदा माथे पर आए पसीने को पोंछती हुई कहने लगी—

"सात बरस हो गए उत्तरा के ब्याह को, पर उसके यहां बच्चा नहीं हुआ...स्वाति के ब्याह को अभी पांच बरस हुए और उसके यहां एक बेटा भी है, एक बेटी भी..."

मर्द कुछ खामोश-सा हो गयां, फिर आहिस्ता से कहने लगा—

"मैंने तुम्हें एक बात नहीं बताई...सोचा, तू गम लगा लेगी, इसीलिए..."

शारदा की दोनों हथेलियां ठंडी हो गईं। वो अपने मर्द का हाथ थामकर पूछने लगी—

"सच बताओ! क्या बात है?"

मर्द कुछ खामोश-सा हो गया, फिर अटकती-सी आवाज़ में कहने लगा—

"उत्तरा के घर बच्चा नहीं हो सकता..."

"हाय, मैं मर गई...मैं तो सोचती थी, जिस तरह मेरे घर बड़ी उम्र में ये लड़कियां हुईं, उत्तरा के घर भी कुछ बड़ी उम्र में बच्चा होगा..."

मर्द ने जल्दी से कहा—

"नहीं, उसे बच्चा नहीं हो सकता, डॉक्टरों ने कहा है...पिछले दिनों उसका मर्द आया था न, किसी काम से यहां शहर में, तो अकेले में बैठकर मुझे आहिस्ता से बता गया था..."

शारदा चुप की चुप रह गई, कुछ बोला नहीं गया। मर्द कहने लगा—

"वो कहता था कि कोई दो ट्यूब्स होती हैं, और उत्तरा की वे दोनों

ट्यूब्स बंद हैं..."

"फिर?" शारदा के होंठ कांपने-से लगे...

"डॉक्टर कहते हैं कि ऑपरेशन करवा के देख लो, ट्यूब्स खुल तो सकती हैं, लेकिन यक़ीन से कुछ नहीं कहा जा सकता...लेकिन यह बात अभी उत्तरा को मालूम नहीं। उसके मर्द ने उसे कुछ नहीं बताया..."

"जाने इसीलिए मैंने स्वाति का बच्चा उठाकर उत्तरा की गोद में डाल दिया..."

मर्द को कुछ याद हो आया, कहने लगा—

"आज स्वाति का खत आया था। मैंने यहीं सिरहाने के नीचे रखा था कि तुम्हें रात को सुनाऊंगा...लेकिन रात इतनी ठंडी थी कि रोटी खाते ही मैं सो गया..."

शारदा ने चारपाई के साथ लगी बत्ती का बटन टटोला और बत्ती जलाकर मर्द के सिरहाने के नीचे खत टटोलने लगी...

खत खुला था। मर्द ने कहा—

"मैंने तो पढ़ लिया था। सोचा था, तुम्हें रात को बताऊंगा...तू भी पढ़ ले।"

शारदा ने खत पढ़ा, दो-तीन पंक्तियां ही थीं कि मां, मैं इस महीने नहीं आ पाऊंगी, फिर से उम्मीदवारी से हूं और तबीयत बड़ी गिरी-गिरी है...अगले महीने आऊंगी...

शारदा कुछ हैरान-सी रह गई, कहने लगी—

"यही तो मैंने देखा था कि उसके यहां फिर कोई बच्चा होने वाला है..."

मर्द हंसने लगा, कहने लगा—

"तेरा आधा सपना तो सच हो गया, अब शायद बाकी आधा भी सच हो जाए...शायद उत्तरा का ऑपरेशन अच्छा हो जाएगा..."

शारदा ने ज़रा सम्भलकर पूछा—

"उत्तरा मान गई है ऑपरेशन को?"

"अभी तो उसे मालूम नहीं। जो डॉक्टरों ने कहा है, उसके मर्द ने उसे नहीं बताया। वो ख़ुद ही डरता है ऑपरेशन से...कहता था, बच्चा नहीं है तो ना सही, मैं उत्तरा की जान खतरे में नहीं डाल सकता...मर्द

ये कह रहा था कि..."

शारदा को एक सुख का सांस आया, कहने लगी—

"कुछ भी हो, उत्तरा का मर्द बहुत अच्छा है..."

दिन गुज़रते गए। आने वाले महीनों में स्वाति भी एक-दो बार आई, उत्तरा भी आई, पर शारदा मां ने उनके साथ अपने सपने की बात नहीं की। उसके मर्द ने उसे ताकीद की थी कि यह बात लड़कियों के सामने मत करना...

स्वाति के घर से बेटा होने की ख़बर आई...

शारदा का और उसके मर्द का दिल कुछ ठिकाने में था कि अचानक ख़बर आई कि जिस दिन स्वाति ने नहाना-धोना था, बच्चे को अचानक बुखार हो आया और देखते-देखते कुछ ही घंटों में, डॉक्टरों के हाथों में ही वो ज़िंदा नहीं रहा...

मर्द हौसले वाला था, वो शारदा की उदासी को हौसला देता रहा और फिर शारदा भी कहने लगी—

"अच्छा, वही जीते रहें जो दोनों हैं, ज्यादा बच्चे क्या करने..."

मुश्किल से एक महीना गुज़रा था, इस बात को, कि एक दिन अभी दोपहर नहीं हुई थी कि उत्तरा का मर्द हंसता-हंसता आया। उसके हाथ में फूल भी थे, मिठाई भी। आते ही उसने मिठाई का एक टुकड़ा शारदा के आगे किया और एक टुकड़ा उत्तरा के बाप के सामने। फिर कहने लगा—

"यह मंदिर का प्रसाद है। वहीं पूजा करके मैं सीधा आपके पास आया हूं, क़ुदरत की करामात बताने के लिए कि उत्तरा उम्मीदवारी से है..."

"अरे सच!" मां शारदा पूजा के फूलों की ओर देखती रह गई...

उत्तरा का मर्द कहने लगा—

"डॉक्टर भी हैरान बैठे हैं। उन्होंने तो कह दिया था कि बच्चा नहीं

हो सकता, पर ना कोई ऑपरेशन, ना कोई दवा-दारू, फिर यह कैसे हो गया...”

मां शारदा की आंखों में पानी भर आया। उसके मर्द ने उसकी ओर देखा, कहा कुछ नहीं, लेकिन जैसे कह रहा हो—यही तो तुमने देखा था, यही बच्चा था, पहले स्वाति के पास गया और फिर उत्तरा के पास चला गया...तूने ही तो उसकी गोद में डाला था...

मधु मां

मरी की पहाड़ियों के साथ लगती वादी में एक गांव होता था, जहां किसी काल में निराई-गुड़ाई करते एक आदमी को ज़मीन में से एक मूर्ति शिव जी की मिली थी और एक मूर्ति नंदी की। फिर गांव वालों ने मिलकर एक पहाड़ी की ओट में पत्थरों का एक चबूतरा बनाकर उसके ऊपर दोनों मूर्तियां लगा दी थी...

चबूतरे के एक तरफ़ पत्थरों की दीवार-सी बना दी, और चबूतरे की पीठ पीछे भी, फिर धीरे-धीरे तीसरी दीवार भी बना दी गई और ऊपर पत्थरों की छत भी डाल दी गई...

गांव की औरतें, अपने आप ही, जब घड़ी-भर ख़ाली होतीं, उस मंदिर में जातीं और कुछ फूल-पत्ते मूर्तियों के सामने रख आतीं...

यह घटना थी, जिससे गांव का नाम पड़ गया था—नंदी वाला...

फिर लोगों ने देखा कि गांव का एक लड़का ओमी कभी-कभी स्कूल से भागकर मंदिर में आ जाता था और बड़े जोश में गाने लगता था—ओ३म नमः शिवाय...

धीरे-धीरे गांव के कुछ और लड़के-लड़कियां भी वहां जाकर ओमी के साथ गाने लग पड़े। और लोगों को लगने लगा—जैसे पत्थरों की

दीवारों में से भी वही आवाज़ आ रही हो...

नई फसल जब घर आती, या वृक्षों के नए फल टोकरियों में डाले जाते, तो कई औरतें नई गेहूं की रोटी पकाकर पहली थाली मंदिर में रखने लगीं और नया फल भी मूर्तियों के सामने रखने लग पड़ीं...

यह रोटी और यह फल थोड़ा-थोड़ा करके गांव के लोग प्रसाद की तरह लेने लगे थे...

ओमी जवान होता गया, भाइयों के साथ मिलकर अपने खेत में हल चलाने और निराई-गुड़ाई करने लगा, पर सुबह उसका नियम पक्का था कि वह मंदिर में जाकर गाता...फिर घर आकर अन्न मुंह में डालता था...

एक दिन किसी ज़रूरतमंद औरत ने मंदिर में जाकर ओमी के पैर पकड़ लिए थे और रोते-रोते उससे मुराद मांगी थी कि वह पूरी हो गई, जिसके बाद यह बात नज़दीक के गांवों में पहुंच गई और कई लोग वहां मुराद मांगने आने लगे...

इससे ओमी का नाम ओम बाबा पड़ गया था...

और एक धारणा भी पक्की हो गई थी कि ओम बाबा से मुराद मांगों तो वह पूरी होती है...

कई बांझ औरतें इसकी गवाह थीं—जिनकी गोद में अब बच्चे खेलते थे, और कई मर्द भी गवाह थे—जिनको शहर में पक्के रोज़गार मिल गए थे...

कई चारपाइयों पर पड़े हुए लोग भी अब ओम बाबा की नज़र से अच्छे चलते-फिरते हो गए थे...

एक बार वहां एक पहुंचे हुए महात्मा आए—देवगिरी। वो ओम बाबा को देखने आए थे, पर उसकी जगह एक जवान-सा लड़का देखकर हंस-से पड़े थे...

हंसते हुए पूछा था—

"ओम बाबा! कौन-सा जप-तप किया है?"

ओम ने कहा—

"जप-तप? वो क्या होता है? वो तो मैं कुछ नहीं जानता..."

देवगिरी हंसे, पूछने लगे—

"फिर मुराद कैसे देते हो?"

ओम ने कहा—

"मैं कुछ नहीं देता, बस अंदर से जो आवाज़ आती है, वह बोल देता हूं..."

देवगिरी कुछ हैरान हुए, पूछने लगे—

"अंदर से! कहां से आवाज़ आती है?"

ओम ने कहा—

"पता नहीं, शायद मधु मां की आवाज़ होती है..."

देवगिरी ने गौर से उसके चेहरे की ओर देखा, पूछा—

"वो कौन-सी देवी है?"

ओम ने कहा—

"पता नहीं—यह नाम तो मैंने अपने आप रखा हुआ है..."

देवगिरी की आवाज़ बहुत गम्भीर नहीं थी, पूछने लगे—

"किसका नाम रखा हुआ है? कभी तो वह देखी होगी..."

ओम कहने लगा—

"मैंने नहीं देखी, मेरी मां ने देखी थी। कोई संन्यासिन मां थी, जो यहां एक बार मंदिर में आई थी...मैं तो अभी पैदा भी नहीं हुआ था..."

"फिर?" देवगिरी ने पूछा।

ओम ने कहा—

"मां बताती थी कि तब मैं उसके पेट में था। गांव की कई औरतों ने आकर उस संन्यासिन मां के दर्शन किए थे, इसलिए मेरी मां भी आ गई थी..."

"फिर?"

"मां बताती थी कि कई औरतें संन्यासिन मां के लिए खीर बनाकर लाई थीं, इसलिए उसका भी मन किया और उसने संन्यासिन मां से कहा कि वह पूरे दिनों पर है, उससे अब चला नहीं जाता, सो संन्यासिन मां उसके घर आकर उसके हाथ से खीर खाए..."

"अच्छा! फिर?"

"मां बताती थी कि संन्यासिन मां हंस पड़ी थी। कहने लगी—'दो

दिन ठहर जा। तेरे घर परसों बेटा पैदा होगा, मैं उसके दर्शन करने के लिए तेरे घर आउंगी'...."

अब महात्मा देवगिरी की नज़र भी बड़ी गम्भीर हो गई और आवाज़ भी, पूछने लगे—

"फिर?"

"मां ने कहा—'यह क्या कह रही हैं संन्यासिन मां! आप बालक को दर्शन देने आएंगी कि उसका दर्शन करने के लिए?' उस वक़्त संन्यासिन मां ने कुछ नहीं कहा था—सिर्फ़ हंसने लगी थी..."

"फिर संन्यासिन मां घर आई थी?" देवगिरी जी ने पूछा।

ओम ने कहा—

"हां, आई थी। उसने मुझे अपनी गोद में डालकर, एक सलाई से शहद लगाकर मेरी जीभ पर ओ३म लिखा था। और मां बताती थी कि उसने मेरे माथे पर अंगूठा रखकर तीन बार कहा था—ओ३म नमः शिवाय—इसी कारण मेरा नाम ओम रख दिया गया था उसने मुझे मधु चटाया था, इसीलिए मैं उसे मधु मां कहता हूं..."

देवगिरी बहुत देर चुप रहे, फिर पूछने लगे—

"कभी मधु मां का दर्शन नहीं हुआ? सपने में?"

ओम ने कहा—

"सपने में तो नहीं, पर वैसे वह मुझे कई बार दिखाई देती है परछाईं की तरह।"

फिर ओम ने जल्दी से कहा—

"काली परछाईं की तरह नहीं, सफ़ेद परछाईं की तरह। उसके गले में सफ़ेद-से कपड़े होते हैं..."

देवगिरी महात्मा की नज़र ओम के कानों पर पड़ी, जहां छोटी-छोटी पोने की बालियों में छोटे-छोटे दो रुद्राक्ष पिरोए हुए थे। पूछने लगे— "यह रुद्राक्ष पहनने के लिए किसने कहा था?"

ओम हंस पड़ा, कहने लगा—

"कहा तो मधु मां ने ही था। एक परछाईं की तरह आई थी और मेरी हथेली पर दो रुद्राक्ष रखकर बोली थी—'कानों में पहन लो।' पर जब वह चली गई, तो मेरी हथेली पर कुछ भी नहीं था। मैंने सोचा—

अभी तो हथेली पर थे, शायद कहीं गिर पड़े हैं—मैं कितनी देर ढूंढ़ता रहा—मंदिर भी छोटा-सा ही है। मैंने सारी जगह देखा। कोने भी देखे, पर कहीं नहीं मिले। मैं बड़ा उदास हो गया था कि कुछ दिन बाद एक फकीर बाबा गांव में आए थे। मैंने उनसे जाकर पूछा कि बाबा, रुद्राक्ष कहां से मिलेंगे? मुझे छोटे-छोटे दो रुद्राक्ष चाहिए—और उस फकीर बाबा ने झोले में से निकालकर मुझे ये रुद्राक्ष दे दिए थे—छोटे होते को मां ने कानों में ये छोटी बालियां पहनाई थी, सो मैंने दोनों रुद्राक्ष दोनों बालियों में पिरोकर पहन लिए..."

इतने में देवगिरी महात्मा का आना सुनकर गांव की दो औरतें कुछ पकाकर एक थाली में ले आई थीं। देवगिरी महात्मा ने हाथ धोए और एक थाली देखकर कहने लगे—

"कोई थाली-कटोरी दो ओम बाबा, तुम्हारे लिए कुछ डाल दूं..."

ओम हंस पड़ा। कहने लगा—

"नहीं महात्मा जी, यह पूजा का अन्न सिर्फ़ मेहमानों के लिए होता है, मेरे लिए नहीं। मुझे पूजा का अन्न खाना मना है..."

देवगिरी ओम बाबा के चेहरे की ओर देखने लगे, पूछा—

"किसने मना किया है? मधु मां ने?"

ओम ने कहा—

"हां जी, मधु मां ने आकर कहा था—मंदिर में जो भी आए, तू उसे मुंह नहीं लगाना। यह मुसाफ़िरों के लिए होता है। तुझे अपनी रोटी आप कमाकर खानी है।"

देवगिरी ने कहा—

"फिर अपनी कमाई के लिए क्या करते हो?"

ओम ने कहा—

"भाइयों के साथ मिलकर खेती का काम करता हूं..."

देवगिरी के हाथ का ग्रास हाथ में ही रह गया, पूछने लगे—

"और मधु मां ने क्या कहा हुआ है?"

ओम हंसने लग पड़ा, कहने लगा—

"कुछ नहीं कहा हुआ, पर सिर का एक पटका ज़रूर दिया हुआ है कि अगर कोई कठिनाई आ जाए तो मैं वह सिर पर बांध लूं..."

देवगिरी महात्मा चुपचाप मंदिर की मूर्तियों को देखने लगे...

ओम ने कहा—

"मां बताती थी कि संन्यासिन मां ने जाते वक़्त एक कपड़ा उसे दिया था कि अगर बच्चे पर कुछ मुश्किल समय आए, तो वह बालक के सिर पर उसे पटके की तरह बांध दे..."

"क्या मैं वह पटका देख सकता हूं?" देवगिरी महात्मा ने बड़ी विनम्रता से कहा।

"हां, यहीं ही मैंने उसे मूर्तियों के पैरों पर लपेटकर रखा हुआ है। पहले कई बार पहनता था, फिर लगा कि बहुत बार पहनने से कहीं फट न जाए—उसको मैं कभी-कभी सिर पर बांध लेता हूं..."

ओम ने मूर्तियों के पैरों की ओर एक पत्थर के पीछे रखा हुआ कुछ पोटली जैसा निकाला और उसको खोलकर, उसमें बंधा हुआ वह सफ़ेद पटका निकालकर दिखाया...

देवगिरी महात्मा के लिए जो आसन बिछाया गया था, वह उस पर से उठ बैठे और सफ़ेद पटके को आंखों से लगाकर भरी-भरी आंखों से कहने लगे—

"अच्छा ओम बाबा, आपके दर्शन हो गए..."

देवगिरी की आंखें शायद बहुत भर आई थीं, वह ओम बाबा को नमस्कार कर वहां से चले गए...

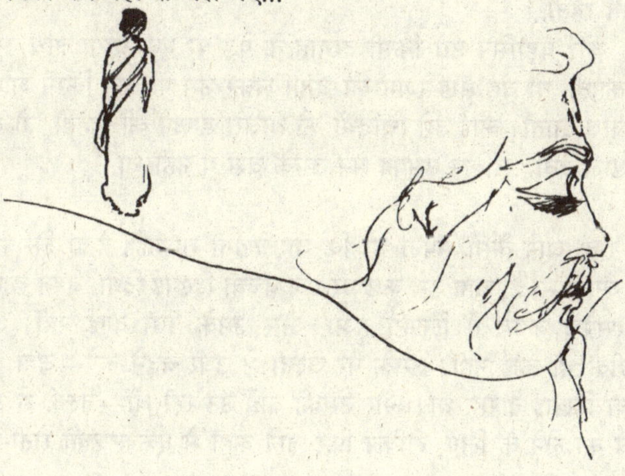

वक़्त की परछाइयां

माया की शादी को पांच साल हो चुके थे। घर में हर तरह का आराम था। शांति भी थी। उसका मर्द रात को देर से आता था, पर हंसता हुआ आता था, और वे दोनों मिलकर खाना खाते थे, लेकिन उसे कोई उलाहना था, तो अपनी कोख से था...

घर भरा हुआ था, लेकिन वह ख़ाली-ख़ाली निगाहों से घर को देखती रहती...

कोई पड़ोसिन उसे किसी दरगाह के पेड़ पर एक धागा बांध आने को कहती, तो वह सुर्ख़ रेशम का धागा लेकर उस पेड़ की किसी शाखा को बांध आती। कोई उसे चिड़ियों को बाजरा डालने को कहती, तो वह भी डाल देती...लेकिन उसका मन उसके वश में नहीं था...

एक रात, जाने कैसा सपना था कि वह देखती रह गई। देखा कि कहीं एक जंगल-सा है, जहां उसे कुछ दूर एक बच्चा दिखाई दिया, बहुत छोटा, एक सफ़ेद कपड़े में लिपटा हुआ, और उसके पास कोई नहीं। दूर-नज़दीक भी कोई नहीं। उसके पैर जल्दी से उधर बढ़ने लगे—जहां वह बच्चा दिखाई दे रहा था। और उसकी बांहें उठ रही थीं—जल्दी से उस बच्चे को लेने के लिए, लेकिन फिर जाने कहां से एक लड़की रोती हुई

वहां आई। मुश्किल से दो-तीन साल की होगी, लेकिन वह रास्ते में इस तरह खड़ी हो गई कि अब उसे वह दूर पड़ा हुआ बच्चा दिखाई नहीं दे रहा था...

माया घबराकर जाग गई। कुछ पता नहीं चल रहा था कि यह उसने क्या देखा...इसका क्या मतलब था...

वह घबराई-सी पलंग से उठी, चौके में जाकर पानी का गिलास पिया, फिर लौटकर अपने मर्द के पास आई, जो पास ही दूसरे पलंग पर सो रहा था...

मन में आया, अपने मर्द को जगाकर पूछे कि यह उसने क्या देखा है? लेकिन देखा, मर्द गहरी नींद में था।, सोचा—पूछूंगी भी तो क्या पूछूंगी? ऐसे सपनों का मायना तो कोई महात्मा बता सकता है, मर्द बेचारा क्या बताएगा...

फिर भी लगा, वह बहुत अकेली पड़ गई है। इसलिए मर्द के पलंग पर आहिस्ता से बैठ गई और फिर उसकी पीठ का सहारा लेकर जाने कब सो गई...

उठी तो बहुत देर हो चुकी थी। उसका मर्द नहा-धोकर, कपड़े बदलकर जाने की तैयारी में था कि उसने उठकर जल्दी से चाय-नाश्ता बनाया और मेज़ पर रख दिया...

दिन गुज़रते गए, लेकिन माया के मन में एक बेचैनी-सी रेंगती रही...

और एक दिन...एक दिन उसका मर्द घर आया। मुश्किल से दोपहर ढलने लगी थी। माया ने फ़िक्र से उसका हाथ पकड़ा। देखा, गर्म नहीं था, बुखार जैसा कुछ नहीं था, फिर भी उसका मर्द एक परेशानी से उसे देखता हुआ खामोश खड़ा था...

"क्या हुआ?" माया ने घबराकर पूछा, तो मर्द ने उसे बांहों में लेते हुए कहा—

"एक बात कहूं? घबराओगी तो नहीं!"

माया ने जल्दी से कहा—

"कोई बहुत बड़ा नुकसान हुआ है? मैं इससे नहीं डरती। तुम सलामत हो, यह बहुत है..."

मर्द की आंखें भर आईं। कहने लगा—

"तुम जैसी औरत पाकर भी मैं तुम्हें पा नहीं सका था। ज़िंदगी में एक ग़लती की थी, और बरसों उसे झेलता रहा... तुम्हें बता सकता था, पर हिम्मत नहीं हुई..."

माया ने अपने मर्द का हाथ अपनी छाती पर रख लिया, कहने लगी—

"जो कहना चाहते हो, कह दो, घबराऊंगी नहीं..."

उस वक़्त मर्द ने कहा—

"मैं खुद नहीं जानता, वह सब कैसे हुआ, लेकिन हो गया, तो पीछे लौटने का रास्ता नहीं था। एक औरत थी। लगा था कि उससे मुहब्बत करने लगा हूं। लेकिन वह सपना-सा टूट गया, जब वह मुझसे जाने रोज़ का कितना पैसा मांगने लगी। यहां तक कि उसके लिए मुझे एक मकान भी खरीदना पड़ा। उसको एक बेटी हुई, मेरी बेटी, इसलिए सब सहना था, सहता रहा..."

माया खामोश-सी अपने मर्द को देखती रह गई...

मर्द ने जल्दी से कहा—

"अब दो रोज़ हुए, वह अस्पताल में थी, बच नहीं सकी। अब वह बच्ची है, मुझे पता नहीं चल रहा कि उसका क्या करूं...उसका यहां कोई रिश्तेदार नहीं है कि बच्ची उसके पास छोड़ देता..."

माया ने घर की सूनी पड़ी दीवारों की तरह देखा और कहने लगी—

"किसी के पास उसे क्यों छोड़ना है? तुम्हारी बेटी है, इसलिए मेरी भी बेटी है। उसे घर ले आओ। चलो, मैं साथ चलती हूं, उसे घर लाती हूं..."

मर्द के दिल पर क्या गुज़री, यह तो वही जाने, लेकिन उसकी आंखें माया के सामने इतने प्यार से झुक गईं कि बोल नहीं पाया...

बच्ची घर में आ गई। कुछ बेगानी नज़रों से माया को देखती रही। फिर बहुत दिन नहीं गुज़रे कि वह माया को मां कहने लगी...

और बहुत दिन नहीं गुज़रे थे, जब माया को पता चला कि उसे उम्मीदवारी थी...

डॉक्टरों ने देखा, यक़ीन दिलाया, फिर भी माया को यकीन नहीं आ रहा था कि अब उसकी कोख ने उसका उलाहना उतार दिया था...

और एक दिन जब माया बच्ची को नहलाने लगी और बच्ची न नहाने की ज़िद में कुछ रुआंसी-सी हो गई, तो माया चौंककर उसे देखने लगी— अरे! यही तो वह बच्ची थी, जो एक रात उसके सपने में आई थी, रोती हुई, और उस रास्ते पर खड़ी हो गई थी, जहां उसके पीछे एक बच्चा, सफ़ेद कपड़े में लिपटा हुआ पड़ा था...

श्री विद्या

विद्या को किसी सयानी ने बताया था—

"अरी पाव पक्की अजवायन मंगवा ले। उसे घी क्वार के गूदे में मलकर छाया में सुखा लेना। सूख जाए तो फिर दूसरी बार घी क्वार के गूदे में मलकर सुखा लेना। इस तरह सात बार करना और अजवायन सम्भालकर रखना। रोज़ सुबह बासी पानी से उसकी एक फंकी खा लेना तो हड्डियों की सारी सूजन उतर जाएगी..."

विद्या की उम्र बड़ी नहीं थी, मुश्किल से बत्तीस साल की थी वो, लेकिन उसके घुटनों में सूजन पड़ गई थी, जो कभी-कभी टखनों तक उतर जाती...

चौदह साल हो गए थे ब्याही को, पर अभी तक उसके यहां कोई बच्चा नहीं हुआ था। अब उसकी उम्मीद टूटने लगी थी...बस, यही टूटी हुई उम्मीद थी, जिसने उसके घुटने, टखने पकड़ लिए थे...

उसका मर्द भला था, प्रेमनाथ, जो उसे कई बार कहता—

"देख विद्या, मुझे तुम्हारी ज़रूरत है, और तू ऐसे ही दिल छोड़ देगी तो क्या होगा...तू तो मेरी श्री विद्या है..."

जब वह छोटी थी, गांव में उसने ये घी क्वार कई बार देखी थी, लेकिन यहां शहर में कहीं दिखाई नहीं दी थी, इसलिए उसने मर्द से कहा—

"मैं सोचती हूं, इसी इतवार को, छुट्टी वाले दिन, हम नर्सरी चले जाएंगे और किसी माली से घी क्वार का पौधा ले आएंगे...एक अच्छी लंबी ड्राइव भी हो जाएगी..."

इतवार को वे दोनों शहर से बाहर नर्सरी में गए, लेकिन देखा, नर्सरी का दरवाज़ा बंद है। गेट के पास एक चौकीदार खड़ा था। प्रेमनाथ गाड़ी से उतरकर उस चौकीदार से नर्सरी के खुलने वाले दिन और वक़्त पूछने लगा...

विद्या को गाड़ी में बैठे हुए नर्सरी के बाहर वाली खुली उजाड़-सी जगह से ऐसी हवा आने लगी जो एक तीखी सुगंध से भरी हुई थी, और वो गाड़ी से उतरकर बाएं हाथ दीवार से बाहर की उस बाड़ के साथ-साथ चलने लगी, जिसमें से तीखी सुगंध आ रही थी...

पीछे-पीछे प्रेमनाथ भी आ गया और बाड़ के दो-चार पत्ते लेकर उंगलियों में मलता हुआ विद्या से कहने लगा—

"आज बरसों बाद न्याज़बो की झाड़ियां देखी हैं..."

विद्या ने भी न्याज़बो के बौर को हाथों में मला और कहने लगी— "क़ुदरत ने जाने सारी सुगंधियां इसमें भर दी हैं..."

प्रेमनाथ ने बताया—

"इतवार को नर्सरी बंद रहती है। हालांकि छुट्टी वाले दिन ज़रूर खुलनी चाहिए, लेकिन ये सरकारी महकमे न लोगों की सहूलियत देखते हैं, न कमाई की परवाह करते हैं...बाकी दिनों में सुबह खुलती है दस बजे और पांच बजे शाम बंद हो जाती है...अब कोई काम छोड़कर कैसे आए..." लेकिन फिर कहने लगा—

"चलो एक दिन दफ्तर से छुट्टी करके आएंगे, दो-चार घंटे नर्सरी के फूलों में घूमते रहेंगे, घी क्वार तो मिल ही जाएगी, दो-चार फूलों के पौधे भी ले जाएंगे..."

विद्या न्याज़बो की सुगंधि में खोई हुई थी, कहने लगी—

"हम न्याज़बो के पौधे ज़रूर लेंगे..."

इतने में एक बच्चे के रोने की आवाज़ आई। बहुत हल्की-सी। इस तरह, जिस तरह बहुत ही छोटे बच्चे की हो, अभी-अभी पैदा हुए बच्चे की...

विद्या और प्रेमनाथ, दोनों आसपास देखने लगे, पर वहां कोई नहीं था। दोनों ने कान धरे। लगता था, जैसे न्याज़बो की झाड़ियों में से कहीं वह आवाज़ आती थी...

उन्होंने गौर से झाड़ियों को देखा। न्याज़बो की झाड़ियां सघन नहीं होतीं, पर कहीं कुछ दिखाई नहीं दिया और फिर वह आवाज़ आनी बंद हो गई...

दोनों खड़े के खड़े रह गए। अब कोई आवाज़ नहीं थी। फिर प्रेमनाथ ने कहा—

"हो सकता है, नर्सरी के अंदर इस दीवार के नज़दीक मालियों के कमरे हों। शायद वहां से आवाज़ आई थी..."

कुछ देर के बाद दोनों लौट आए। सोचा, किसी दिन छुट्टी लेकर दस बजे के क़रीब नर्सरी जाएंगे। लेकिन महीना गुज़र गया, प्रेमनाथ को छुट्टी नहीं मिल पाई। उसका एक साथी अफसर छुट्टी पर गया हुआ था, इसलिए उसे दफ्तर में उसका काम भी सम्भालना होता था...

एक रात विद्या चौंककर जागी और हैरान-सी चारों ओर कमरे में देखती अपने मर्द को जगाने लगी। कह रही थी—

"सुनो तो, वही आवाज़ अभी आ रही थी, मैं खुद सुनती रही..."

प्रेमनाथ ने उठकर कमरे की बत्ती जलाई, घड़ी देखी, सुबह होने वाली थी। वो हंसकर विद्या से कहने लगा—

"तुम्हें सपना आया होगा..."

विद्या बोली—

"हां, था तो सपना ही, लेकिन मैं सपने में वहीं नर्सरी की दीवार के पास उन्हीं झाड़ियों के क़रीब खड़ी थी कि वहां से फिर वही आवाज़ आने लगी..."

प्रेमनाथ हंस दिया—

"तेरा वो आवाज़ सुनने को जी चाहता है न, इसीलिए..."

उसने उठकर चाय के दो प्याले बनाए। एक प्याला विद्या को देते हुए कहने लगा—

"अब तू जब चाहे किसी दिन चले जाएंगे, वहां झाड़ियों के पास भी, जहां तुम्हारा मन खड़ा है...वो अफसर छुट्टी से वापस आ गया है..."

विद्या की आंखें अभी भी कुछ खोज-सी रही थीं और कान जैसे अभी भी वह आवाज़ सुनते हों। कहने लगी—

"फिर अभी चलो, वहीं, उठो..."

उसकी आंखें भरी हुई थीं, वह फिर कहने लगी—

"नहीं, अभी चलो। अभी मैंने वही आवाज़ सुनी है..."

प्रेमनाथ ने कहना चाहा—इस वक़्त तो नर्सरी बंद होगी, दस बजे चलेंगे, पर कहा नहीं। विद्या ने फिर कहा—

"मैंने अभी वो आवाज़ सुनी है..."

प्रेमनाथ मुस्कुरा दिया, कहने लगा—

"पर आज तुमने सुनी है, मैंने तो नहीं सुनी..."

"लेकिन उस दिन तो सुनी थी न..."

"हां, उस दिन सुनी थी; लेकिन एक महीना हो गया उस बात को, क्या वो आवाज़ अभी भी वहां से आती होगी?"

"सचमुच आ रही है। मैंने अभी सुनी थी..."

प्रेमनाथ ने उठकर विद्या को गले से लगा लिया, कहने लगा—

"मैं कई बार कह चुका हूं कि तू बच्चे का गम न किया कर, मुझे तुम्हारी ज़रूरत है..."

विद्या ने कहा कुछ नहीं, लेकिन अपने मर्द की ओर इस तरह देखा, जैसे उसकी आंखें एक मिन्नत से भरी हों..

प्रेमनाथ ने कहा—

"अच्छा! चलो, एक लंबी ड्राइव करके आते हैं..." उससे विद्या की हालत झेली नहीं जा रही थी...

सुबह की हल्की-सी रोशनी थी, जब वे दोनों एक लंबी ड्राइव करके नर्सरी के पास पहुंचे और गाड़ी को एक तरफ़ खड़ी करके नर्सरी की बाहर वाली दीवार के साथ लगी हुई बाड़ के साथ-साथ चलने लगे...अचानक प्रेमनाथ के पैर थम गए—झाड़ियों में से सचमुच वो आवाज़ फिर से आ रही थी....

"सुनो-सुनो!" कहती विद्या की आवाज़ में एक कंपन-सा उतर आया।

"सुन रहा हूं..."

फिर वे दोनों झाड़ियों के बीचोबीच की ख़ाली जगह को गौर से देखने लगे। अचानक एक जगह दोनों की आंखें जैसे जम गई—सफ़ेद कपड़े में लिपटा हुआ एक बच्चा, अभी-अभी पैदा हुआ बच्चा, झाड़ियों में रो रहा था...

प्रेमनाथ ने दूर-दूर तक देखा—कहीं कोई बंदा न बंदे की ज़ात थी, पर वो बच्चा झाड़ियों में पड़ा हुआ उसी तरह अकेला रो रहा था...

विद्या को पता नहीं चल रहा था कि यह भी सपना था कि सच था। प्रेमनाथ ने ही आगे बढ़कर बच्चे को झाड़ियों से उठाया, सुबह की हल्की-सी रोशनी में उसे देखा और फिर विद्या की बांहों में दे दिया...

प्रेमनाथ ने कहा—

"लगता है, किसी कुंवारी मां का बच्चा होगा, जो इसे अपने पास नहीं रख सकती थी..."

विद्या फिर दूर-नज़दीक देखने लगी कि शायद कहीं कोई उसका वारिस भी होगा, जो पूछेगा—'आपने मेरा बच्चा क्यों उठाया है?'

डरती-डरती-सी विद्या ने बच्चे को छाती से लगाया और उसे चुप कराने लगी, साथ ही दाएं-बाएं, पीछे की ओर भी देखने लगी...

लेकिन बच्चे को 'मेरा' कहने वाला वहां कोई नहीं था...

वे दोनों बच्चे को लेकर घर आ गए। प्रेमनाथ ने जल्दी से एक डॉक्टर और एक नर्स को बुलाया—कारण, अकेली विद्या उसे सम्भाल नहीं पाएगी...

डॉक्टर ने आकर बच्चे को अच्छी तरह देखा। एक-एक अंग

खूबसूरत भी था, सही-सलामत भी। फिर हंसकर प्रेमनाथ से कहने लगा—

"अगर कोई बच्चा गोद लेना था तो लड़का लेते, लड़की क्यों ले ली?"

प्रेमनाथ ने सारी बात बताई तो डॉक्टर ने कहा—

"फिर तो आज आपने किसी की जान बचा ली...यह बच्चा अगर कुछ घंटे वहां और पड़ा रहता, तो बच नहीं सकता था..."

प्रेमनाथ ने पूछा—

"यह बच्चा कितने घंटों का होगा?"

डॉक्टर ने कहा—

"मुश्किल से सात या आठ घंटे का..."

नर्स ने बच्ची सम्भाल ली। उसे नहलाया-धुलाया, थोड़ा-सा दूध दिया तो बच्ची नर्स की बांहों में सो गई...प्रेमनाथ ने डॉक्टर को ताकीद की कि इस बच्ची की देखभाल आपने बुधवार तक करनी है...

डॉक्टर चला गया, बच्ची सो गई, तो प्रेमनाथ भरे हुए दिल से विद्या के पास बैठकर कहने लगा—

"तुम्हें ख़ुदा की ख़ुदाई कुछ समझ आई है? मुझे तो नहीं आई। आज यह किस तरह हुआ कि सुबह उठकर तुमने एक ही बात पकड़ ली कि वहां जाना है...यह क्या चीज़ थी, जो हमें वहां ले गई...अगर हम न जाते, तो न बच्चे ने रहना था और न हमें मिलना था..."

विद्या के लिए यह सब एक सपना-सा था। वो हैरान-सी उसे देखे जा रही थी...

प्रेमनाथ सोचे जा रहा था—

'अगर बच्चा मुश्किल से सात-आठ घंटे पहले पैदा हुआ था तो वो किसकी आवाज़ थी जो एक महीना पहले हमने वहां सुनी थी?'

प्रेमनाथ हैरान था कि क्या आने वाली घटना की आवाज़ कई दिन पहले सुनाई दे सकती है? और वो विद्या से कहने लगा—

"मैं कभी-कभी तुम्हें श्री विद्या कहता था ना, क्या जानती हो कि श्री विद्या ब्रह्म विद्या को कहते हैं...आज शायद ब्रह्म विद्या ने ही तुम्हें

वो सपना दिखाया था..."

बच्ची का नाम प्रेमनाथ ने न्याज़ रखा और विद्या से कहने लगा—

"लोग तो दरगाहों पर जाकर न्याज़ देते हैं, आज क़ुदरत ने तुम्हें न्याज़ दी है...वैसे भी न्याज़बो की ही पहली सुगंध होगी जो बच्ची की सांसों में गई होगी..."

न्याज़ अब पांच महीने की हो गई, और एक पहचान उसकी आंखों में उतरने लगी थी। वो पालने में पड़ी हुई विद्या को देख लेती, तो पालने में से ही उसकी ओर पलटन को होती...प्रेमनाथ जब काम से लौटता, बच्ची को उठाकर कंधे से लगाता तो वो कसकर कंधे को पकड़-सी लेती...

विद्या न्याज़ के पालने को कभी गुब्बारे बांधती, कभी झुनझुने बांधती इतनी खिल गई थी कि उसने न अजवायन बनाई न खाई, लेकिन एक दिन सलवार के दोनों पांचे उठाकर अपने टखने और घुटने प्रेमनाथ को दिखाती हुई कहने लगी—

"देखिए, सारी सूजन उतर गई..."

प्रेमनाथ हंसने लगा—

"तभी तो कहते हैं कि औरत का राज़ कोई नहीं जान सकता...वो खुद ही सूजन चढ़ा लेती है और खुद ही उतार लेती है..."

अचानक विद्या को जाने क्या हुआ, रोटी खाने लगती तो उसका मन करता, अचार ही खाती जाए...और कुछ दिनों में उसे लगने लगा कि उसके हाथ-पैर कुछ अलसाए-से होते जा रहे हैं...वैसे कभी आधी रात को उठकर सारा फ्रिज देखती कि वहां खाने के लिए क्या-क्या पड़ा है...

एक दिन डॉक्टर आया तो प्रेमनाथ ने कहा—

"कोई दवा विद्या को भी दीजिए। इसे जाने क्या होता जा रहा है..."

डॉक्टर ने थोड़ा-सा मुआयना किया, फिर कहने लगा—

"ऐसा करें, एक बार लेडी डॉक्टर को दिखा लीजिए, फिर इलाज मैं खुद करूंगा..."

लेडी डॉक्टर आई और विद्या का मुआयना करके पालने में पड़ी हुई बच्ची को दुलारती हुई कहने लगी—

"अरी! अब तो तेरा छोटा भैया आएगा..."

विद्या और प्रेमनाथ डॉक्टर की ओर देखते रह गए। मुश्किल से इतना ही कह पाए—

"सचमुच..."

क़ुदरत की करवटें

रवि जब उठती जवानी में था, वो किसी लड़की से बेपनाह मुहब्बत करने लगा। लड़की का नाम तो कुछ बड़ा-सा था, लेकिन जब बच्ची थी, उसे मिन्ना कहा जाने लगा था, और अब जब बड़ी हो चुकी थी, तब भी वो घर में मिन्ना थी...

यह मिन्ना एक बड़ी हैसियत वाले घर की बेटी थी। रवि के बाप-दादा का घर अच्छा खाते-पीते लोगों का घर था, लेकिन मिन्ना जिस हैसियत वाले घर की बेटी थी, उसके सामने रवि का घर छोटा पड़ गया, और इसीलिए मिन्ना के मां-बाप को रवि और मिन्ना की मुहब्बत मंजूर नहीं हुई...

बहुत वक़्त नहीं गुज़रा कि मिन्ना के मां-बाप ने एक बड़े घर में मिन्ना की सगाई कर दी और शादी की तैयारियां होने लगीं... मिन्ना ने एक बार रवि की ओर देखा, तरसी हुई निगाहों से, फिर दूसरी ओर देखने लगी जहां एक अंधेरा बिछा हुआ था, जाने कितनी दूर तक...

रवि ने अपनी मुहब्बत का अंजाम अपने खामोश होंठों से पी लिया और

दूर एक यूनिवर्सिटी में जाकर नौकरी कर ली और किताबों में डूब गया...

कभी-कभी ख़बर मिलती रही, मिन्ना की। शहर के कुछ दोस्त थे, जो कभी उसे ख़त लिखते, तो लिखते कि अब वो मिन्ना को भूल जाए और वहां किसी लड़की के साथ घर बसा ले...रवि के मन में, सोचते हुए भी, घर का सपना ठहरता नहीं था। इसलिए जब तीन साल के लिए उसे किसी बाहर देश की यूनिवर्सिटी ने बुला लिया, तो वो सब कुछ छोड़कर वहां चला गया...

वहां एक हादसे की तरह उसने शादी कर ली, किसी उस लड़की से, जो उसके अपने देश की नहीं थी। लेकिन घर बसाने के नाम पर यह शादी चलती रही।

दो साल के बाद रवि के घर एक बेटी पैदा हुई तो एक बेबसी में आकर वो अपनी बेटी को मिन्ना कहने लगा...

तीन साल का अर्सा भी कुछ बढ़ गया तो उसे दो साल और रहने के लिए कहा गया, "तो ठीक है," कहकर उसने ज़िंदगी के अंजाम को उसी तरह खामोश होंठों से पी लिया, जिस तरह कभी मुहब्बत के अंजाम को पी लिया था। इस अंजाम में उसका तलाक भी शामिल था...

तलाक हुआ, लेकिन उसकी बच्ची मिन्ना उसके पास थी, जिसे उसकी मां ने अपने साथ नहीं ले जाना चाहा था। शायद वो जहां अब नया घर बसाना चाहती थी, वहां उस बच्ची के लिए जगह नहीं थी। लेकिन रवि को एक तसल्ली हुई कि उसकी बच्ची को उससे अलग नहीं किया गया था। हालांकि कानून के मुताबिक उस छोटी बच्ची को मां ले सकती थी...और रवि सोचता कि यह उसकी मेहरबानी थी कि उसने बच्ची को उसके पास रहने दिया था...

दो साल और गुज़र गए। अब रवि अपनी बच्ची को लेकर अपने देश लौट आया, जहां रवि की मां बच्ची को वो ममता देने वाली थी, जो बच्ची ने कभी देखी नहीं थी।

तभी ख़बर मिली कि मिन्ना का खाविंद अपनी गाड़ी के एक हादसे में इस तरह ज़ख्मी हुआ था कि बेइन्तहा दौलत और बेहतर-से-बेहतर डॉक्टर भी उसे बचा नहीं पाए थे...

और सुना कि मिन्ना जहां ब्याही थी, वहां उसके लिए अब जगह नहीं रही थी। सास-ननद की नज़र में इस बदनसीबी का कारण मिन्ना थी, और उसके सितारे, कि उसका इस घर में आना घर की बर्बादी का कारण हुआ...और मिन्ना अब बेसहारा-सी अपने मां-बाप के घर लौट आई थी...

रवि को दुख हुआ कि यह सब मिन्ना को सहना पड़ा। अब वो एक दोस्त की तरह भी मिन्ना के पास नहीं जा सकता था...

और क़ुदरत का यह रहस्य कोई नहीं जानता कि बहुत दिन नहीं गुज़रे थे ज़ब मिन्ना के मां-बाप ने अपने किसी नज़दीकी को रवि के पास भेजा कि अगर वो विधवा हुई मिन्ना से शादी कर ले तो वे ज़िंदगी-भर रवि के शुक्रगुज़ार होंगे...

यह पैगाम हाथ में लेते हुए रवि के हाथ कांपने लगे...

उसने अपने क़दमों को सम्भाला, जो दौड़कर अभी, उसी समय मिन्ना के पास जाना चाहते थे...

शादी हुई, और रवि जब मिन्ना को लेकर घर आया, तो अपनी बच्ची को उसकी गोद में देता हुआ बच्ची से कहने लगा—

"असल में यह तुम्हारी मां है मिन्ना! यह बड़ी मिन्ना है और इसीलिए तुम छोटी मिन्ना हो..."

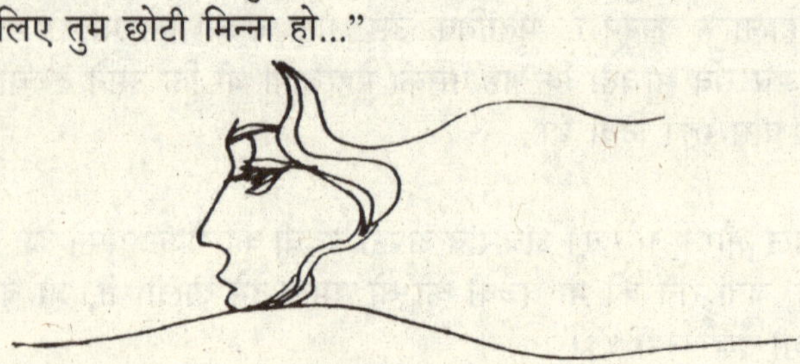

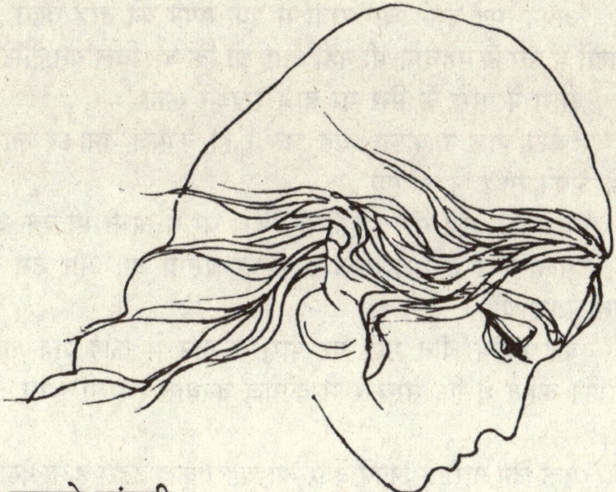

नीम भी बताशे बांटती

पारो जब ब्याही हुई आई तो उस पर सचमुच रूप चढ़ा हुआ था...

उसे पता था कि वह एक बहुत छोटे-से घर में आई थी, पर सास ने दहलीज़ पर तेल डालकर जिस तरह उसका माथा चूम लिया था, पारो का मन कुछ ठिकाने आ गया था...

उसके पिता का घर भरा हुआ था, जब उसकी मां नहीं रही थी, और भाइयों में ठन गई थी, तो उन्होंने अपने घर अलग कर लिए थे और अपनी बहन के लिए भी बेगाने-से हो गए थे...

उसके पिता के लिए एक ही चिंता रह गई थी—बेटी को अपने हाथों विदा करने की। इसलिए उसने सारी बात पारो के कानों में डाल दी थी—

"तेरे लिए जो घर देखा है बेटी, वह है तो ज़रा ऐसे ही। उनकी सारी ज़मीन शरीकों ने दबा ली है, पर घर का बड़ा बेटा कमाई के लिए विलायत में रहता है। उसी से तेरा विवाह करूंगा, और तेरी क़िस्मत में जाने कितने विलायत होंगे..."

और अब उसकी सास उसे बेटी-बेटी कहते थकती नहीं थी। पारो को लगने लगा, जैसे उसकी मरी हुई मां की आवाज़ उसके कानों में पड़ रही हो...

अपना मर्द उसने चार रातों में एक सपने की तरह देखा, पर अभी आंखों में उसकी पहचान भी नहीं आई थी कि वह विलायत लौटने लगा...

सास ने पारो के सिर पर हाथ रखकर कहा—

"बेटी, गम न करना, वह जल्दी ही काग़ज़ बनाकर लाएगा और तुझे अपने साथ ले जाएगा..."

पारो को कोई संशय नहीं रहा था। घर में अभी भी एक जवान मर्द था, उसका देवर नंदा, जिसके साथ घर बसता था, और उस पर सदके जाती सास थी...

कई महीने बीत गए, पर पारो के मन में कोई शक़-शुबहा नहीं आया। कहते थे कि सरकार से काग़ज़ बनवाते हुए साल-भर लग जाता है...

एक दिन पारो ने अपने देवर का चेहरा कुछ उतरा हुआ देखा। शायद बची-खुची ज़मीन पर खेती-बाड़ी करता वह थक गया था, पर पारो ने रात को उसे मां को एक ओर ले जाकर कुछ बातें करते देखा, तो चिंता में पड़ गई...

सुबह उठकर उसने सास के पैरों को उसी तरह हाथ लगाया, जैसे रोज़ लगाती थी, पर उस दिन वह सास की चारपाई पर बैठ गई और कहने लगी—

"मां! सच बताना! देवर जी को किस बात की चिंता लगी हुई है?"

मां ने उसकी पीठ पर हाथ रखा और कहने लगी—

"बेटी! यह मेरे बेटे चिंता-फ़िक्र करने के लिए तो तभी से हो गए थे, जब सिर से बाप का साया उठ गया और शरीकों ने सारे खेत, ज़मीन दबा ली...गांवों में तो सभी लाठी के ज़ोर पर ही जीते हैं..."

पारो बोली—

"वह तो मुझे मालूम है, पर अब देवर जी को कौन-सा नया फ़िक्र लग गया है..."

सास कहने लगी—

"गांव में अभी भी अच्छे दिनों के कुछ लोग ज़िंदा हैं। उन्होंने नंदा को सलाह दी है कि पहले तो तुम दोनों भाई छोटे थे, अब तो जवान हो गए हो, शरीकों पर मुक़दमा करके अपना हक वापस लो। और कहते

हैं, हम सब आपके साथ होंगे...”

पारो ने पूछा—

“फिर? देवर जी क्या सोचते हैं?”

सास ने कहा—

“यही सोचता है कि बात तो हक की बनती है, पर मुक़दमे के खर्च के लिए पैसा नहीं है। मुझसे पूछता था कि अब कोई उधार कहां से लूं?”

पारो सुबह की रोशनी की तरह हंस दी, फिर कहने लगी—

“विवाह के समय मेरे बाप ने दहेज का दिखावा नहीं किया था, पर मेरी मां का सारा गहना-ज़ेवर उसने बेटों से चोरी मेरे लिए रखा हुआ था। वही गहने-ज़ेवरों वाली पोटली उसने मुझे शादी के वक़्त थमा दी थी...”

और पारो ने उठकर, अपने कपड़ों की तहों के नीचे रखी वह सोने के गहनों की पोटली अपने देवर के हाथ में पकड़ा दी...

नंदा ने अपना सिर अपनी भाभी की छाती से लगा दिया। कहने लगा—

“भाभी! तुमने पैर रखा है तो घर बस-सा गया है। अब तुम्हारी बात भी व्यर्थ नहीं जाएगी। मैं मुक़दमा जीत जाऊंगा, तो तुम्हारी अमानत सात गुणा बनाकर वापस करूंगा...”

पारो हंस दी, कहने लगी—

“देवर जी! मैं कोई बाहर की हूं, जिसकी अमानत वापस करनी है? मैं भी इसी घर की हूं और ये चार गहने भी इसी घर के...”

पारो की ज़ब मां नहीं रही थी, तो पिता ने उसे शहर भेज दिया था, कुछ पढ़ने के लिए, जहां वह एक दूर की मौसी के घर में दो बरस रही थी। उन दिनों उसके स्कूल में पढ़ती दक्षिण की एक लड़की उसकी सहेली बन गई थी और उसी से उसने पिसे हुए चंदन का ‘बटणा’ लगाना सीखा था। अब भी वह चंदन का बटणा रोज़ लगाती थी। उसकी सास को रोज़ लगता था कि अब उसके सारे घर से चंदन की महक आती थी...

फिर शायद साल होने को आया था, जब एक सुबह नंदा ने कहा—

"भाभी! आज कोई पाठ-पूजा ज़रूर करना। आज आखिरी पेशी है। तुम किसी देवी-देवता से कहना कि आज मैं मुक़दमा जीतकर घर आऊं..."

पारो को कोई भूली-बिसरी बात याद आ गई, कहने लगी—

"देवर जी! कचहरी जाओगे तो जिस कमरे में वह जज होगा, फैसला सुनाने वाला, उस समय कमरे में पैर रखते वक़्त, थोड़ा-सा चांदी का बुरादा दरवाज़े के पास छिटक देना...कहते हैं, ऐसा करें तो मुक़दमा जीत लेते हैं..."

नंदा हंस दिया—

"वह चांदी का बुरादा कहां से लाऊंगा?"

पारो ने कहा—

"शहर में कई दुकानें होती हैं, जहां से मुरब्बे मिलते हैं, आम के, आंवले के मुरब्बे। उनके पास चांदी के वर्क भी होते हैं। बस, एक वर्क ले लेना और हाथ में मलकर उसका चूरा-सा कर लेना..."

नंदा कितनी देर पारो की ओर देखता रहा, फिर कहने लगा—

"किस परमात्मा ने तुम्हें मेरी भाभी बना दिया?"

पारो हंस दी—

"क्यों देवर जी! परमात्मा से कोई ग़लती हो गई?"

नंदा कुछ कहने लगा था, पर चुप रह गया। पर उसने मन में कहा— "हां, कुछ ग़लती-सी हो गई है परमात्मा से..."

उसी दिन अभी शाम ढली ही थी कि पारो के कानों में नंदा की आवाज़ पड़ी। वह हंसता और गाता हुआ घर की ओर आ रहा था। पारो जल्दी से उठी और घर के दरवाज़े की ओर जाती हुई ने नंदा की आवाज़ सुनी— जो दरवाज़े से भीतर आता हुआ ऊंची आवाज़ में एक गीत का रहा था :

तुम नीम के साये में बैठे, तो नीम भी बताशे बांटती...

यह गीत पारो के दिल में उतर गया और नंदा की आवाज़ भी। लगा, ज़िंदगी में उसने पहली बार किसी का हंसता हुआ चेहरा देखा था...

नंदा की आवाज़ सुनकर मां भी दरवाज़े के पास आ गई थी, इसलिए नंदा ने पहले मां को बांहों में लिया, फिर भाभी को, और कहने लगा—"दो गांवों के चौधरी वहां मेरे साथ थे, और मैं मुक़दमा जीतकर आया हूं..."

मां ने खुशी से भर आईं आंखों को आंचल से पोंछा और कहने लगी—

"परमात्मा ने हमें यह दिन दिखाया है, सुबह कोई पुन्न-दान कर देना। और एक बात का ख़याल रखना, शरीकों के हाथों कुछ नहीं खाना है, शायद किसी का मन मैला हो..."

नंदा ने हंसकर पारो से कहा—

"भाभी! अब तुम ज़मीनों वाली और बाग़ों वाली हो गईं..."

पारो हंस दी—

"उठकर कड़ाही चढ़ाऊं और मुंह मीठा कराऊं?"

पारो के मन में तो कई ख़याल आए, पर उसने कहा कुछ नहीं। सिर्फ़ मां थी, जिसने भरी हुई आवाज़ में कहा—

"आज अगर बड़ा भी घर में होता...निर्मोही ने कभी खत भी नहीं लिखा। बरस होने को आया है..."

अब घर में आए दिन आम और अमरूदों के टोकरे आने लगे थे और साग-सब्ज़ियां भी इतनी कि मां कई बार उन्हें आस-पड़ोस में बांट देती...

पर नंदा भीतर ही भीतर कुछ उदास हो गया था कि परमात्मा जाने क्या बात है कि भाई का ख़त नहीं आता। उसने दो बार अपनी ओर से ख़त लिखे थे, पर उनका उत्तर भी नहीं आया था...

फिर उसके मन में आया कि सिर्फ चार-छः गांव छोड़कर वह गांव है, जहां के दो आदमी भी बाहर गए हुए हैं। एक बार उसने भाई से भी सुना था कि उसका कुछ उठना-बैठना भी उनके साथ बना हुआ है...

नंदा ने न मां को ही कुछ बताया और न ही भाभी को और एक दिन उस गांव में जाकर वह घर ढूंढ़ने लगा, जिस घर के दो लोग विलायत गए हुए थे। इस तरह की बात गांव में सबको पता होती है, इससे नंदा

ने घर की गली का नाम भी पता कर लिया और यह भी कि आजकल उनमें से एक आदमी घर आया हुआ है—अपनी बहन के विवाह पर...

नंदा ने उसके घर में जाकर उसे दुआ-सलाम की और अपना नाम बताया।

उस आदमी ने चारपाई बिछा दी, उसके बैठने के लिए और घर में बन रही विवाह की कुछ मिठाई वगैरह उसके सामने लाकर रख दी...

नंदा ने कुछ चिंता से पूछा—

"मैं अपने भाई की खैर-ख़बर पूछने आया हूं। उसका खत नहीं आया है, इसलिए..."

उस आदमी ने कहा—

"आपका भाई खुश-बाश है। खूब पैसा कमा लिया है उसने, गाड़ी भी खरीद ली है...उसके बाल-बच्चे भी ठीक हैं..."

नंदा के मुंह से निकला—

"बाल-बच्चे?"

उस आदमी ने कहा—

"उसने आपको कभी बताया नहीं कि उसके घर में दो बच्चे हैं? कई बरस हो गए जब उसने विवाह किया था..."

नंदा पैरों तले की ज़मीन की ओर देखता रह गया।

वह आदमी हंस दिया, कहने लगा—

"मां से डर गया होगा कि मां कहेगी, अरे किस करांटन से विवाह कर लिया..."

नंदा से कुछ बोला नहीं गया। उस आदमी ने ही कहा—

"जाकर उसकी ख़बर लूंगा कि वह मां को खत क्यों नहीं लिखता। भाई भी फ़िक्र करता है..."

नंदा के होंठों से बड़ी मुश्किल से निकला—

"अच्छा!" वह कांपते पैरों से उठ खड़ा हुआ।

उस आदमी ने उसको उठते हुए देखकर पूछा—

"कोई बरस-डेढ़ बरस पहले कहता तो था कि घर जाना है, फिर आया नहीं?"

नंदा के होंठों से हल्का-सा स्वर निकला—

"आया था..."

वह आदमी हंस दिया, कहने लगा—

"फिर उसने आकर भी कोई बात नहीं बताई?"

नंदा ने होंठ सिल लिए। इतना ही कहा—

"नहीं..."

अगले कई महीने बड़े बेचारे-से हो गए। मां को भी अब कोई चिंता खाए जा रही थी। वह एक दिन नंदा को पास बिठाकर कहने लगी—

"तू ही कहीं से उसका अता-पता कर।"

नंदा बहुत देर चुप रहा, फिर कहने लगा—

"मां, इंसान के मन का भी क्या पता चलता है, शायद उसने वहां कोई घर बसा लिया हो।"

मां जल्दी से बोली—

"अरे, इस तरह की बात मुंह से नहीं निकालते। क्या पता बुरा नसीब पास खड़ा यह बात सुन रहा हो..."

नंदा चुप का चुप रह गया...

कुछ महीने और बीत गए, तो एक दिन नंदा पारो को उदास-सी देखकर कहने लगा—

"सारा दिन घर में बैठकर तो इंसान खाहमखाह घबराने लगता है—ये बाग़-बगीचे किसके लिए हैं? भाभी, तुम देखती नहीं जाकर..."

पारो का दिल आए दिन डूबता जाता था, वह कहने लगी—

"अरे, मैं तो कड़वी नीम हूं, किसलिए बताशे बांटूं! मेरी छाया में तो परमात्मा ने क्या बैठना है, इंसान भी आकर नहीं बैठता..."

नंदा ने आंखें नीची कर लीं, कहने लगा—

"मैं जो बैठा हूं तेरी छाया में..."

पारो हंस-सी दी, कहने लगी—

"कल को तू अपनी नीम की छाया में बैठेगा...मेरा क्या है..."

नंदा हंस दिया—

"अच्छा, अपनी नीम कौन-सी होती है?"

पारो ने कहा—

"वही, जो तू विवाह कर लाएगा..."

नंदा ज़ोर से हंस दिया, कहने लगा—

"अगर उस नीम ने कड़वी निबौरियां बांट दी, तो?"

पारो बोली—

"किसलिए रे! तुम जैसा इंसान तो ख़ुदा होता है...वह बताशे बांटेगी, निबौरियां क्यों बांटेगी?"

नंदा सिर नीचा किए तिनके से ज़मीन को खुरचता रहा...

फिर बहुत दिन नहीं बीते थे, जब नंदा घर आया, तो हंसता हुआ पारो के पास जाकर बैठ गया। कहने लगा—

"अब बता! मुझे अपनी छाया में बैठने देगी?"

पारो हैरान-सी नंदा की ओर देखती रही, फिर कहने लगी—

"देवर जी! आज तुम्हें क्या हो गया है?"

नंदा ने कहा कुछ नहीं, पर उठकर मां को बुला लाया और कहने लगा—

"मां, जो बताने लगा हूं, सुनकर घबराना मत। तुम्हारे बड़े बेटे ने यहां आकर यूंही विवाह का स्वांग किया था। शायद इसलिए कि तेरा कहा नहीं टाल सकता था। पर उसने तो कब का वहीं घर बसा लिया हुआ है...उसके घर अब दो बच्चे भी हैं, तुम्हारे नाती..."

मां की चीख़-सी निकल गई—

"नहीं रे! अगर यह बात सच है, तो न वह मेरा पुत्र है, न वह मेरी बहू और न वे मेरे नाती..."

पारो के चेहरे का रंग पीली हल्दी जैसा हो गया था। कहने लगी—

"और मैं अब कहां जाऊंगी? मेरा तो मायका भी कोई नहीं रहा। बाप रहा नहीं और भाई पहले ही बेगाना हो गए हैं..."

नंदा ने पारो का हाथ पकड़ लिया, कहने लगा—

"तुम यहीं अपने घर में रहोगी, जाना कहां है..."

मां हिचकियां लेकर रो रही थी, जिस समय नंदा ने कहा—

"यह बात तो मुझे छः महीने पहले ही पता लग गई थी। पर छः महीने लग गए मुझे वकीलों के यहां जाते हुए। उस शर्मिंदे ने खत तो नहीं लिखा, पर अब तलाकनामा लिखकर भेज दिया है..."

और नंदा ने मां के पैर छूकर कहा—

"मां! अब मुझे और पारो को आशीर्वाद दे दे कि हम अपना घर बसा लें।"

मां ने एक ममता से नंदा को भी देखा, पारो को भी....

और पारो, घर की खिली हुई दीवारों की तरह, नंदा की ओर देखने लग गई...

मर्द

वह साईवाल का मलिक था। जागीर वाले घर का इकलौटा बेटा। खुशशक्ल, खुशमिज़ाज। पर विवाह की बात उसके मन में नहीं आती थी...

मां शहर में उसके पास नहीं रहती थी, गांव में अपनी ज़मीनों पर रहती थी, और बेटा इतना सीधा कि कभी उसकी बात नहीं टालता था। और मां जब कभी उससे विवाह करने की बात करती, तो वह सोचने लग जाता, पर वह बात उसके मन में आकर भी ठहरती नहीं थी।

उम्र अभी चालीस की तो नहीं हुई थी, पर और चार बरस के बाद होने वाली थी, इसलिए दोस्त-मित्र जब बात करते, कहते—

"यार, तेरे अपने कॉलेज में इतनी सुंदर पढ़ी-लिखी लड़कियां, और तेरी तरह नौकरी पर लगी हुईं, उनमें से भी कोई तेरी पसंद की नहीं?"

मलिक हंस देता, कहता—

"सभी देखी हैं, पर सभी अजीब लगती हैं। किसी दूसरी ज़ात की।"

मलिक ने शहर में एक छोटा-सा घर बनवाया था, छोटी-सी बगीची वाला, जिसकी दीवारें उसने हरी बेलों से ढंकी हुई थीं। और मन को जाने किन बेलों से ढंका हुआ था कि वह किसी को नहीं दिखता था। घर की

ख़ामोशी को सिर्फ़ बगीचे के फूल हिलाते-डुलाते थे, और कोई उसकी चुप को नहीं तोड़ता था। और कभी-कभी वह यही बात करता दोस्तों-मित्रों को कह देता—

"अगर कोई आ गई, तो उसे फिर चुप कौन कराएगा? मेरा घर मुझे बहुत पसंद है, और अगर कोई आ गई, फिर वही घर मेरा नहीं लगेगा।"

फिर एक दिन की बात है, वह किताबों की एक बहुत बड़ी दुकान में खड़ा हुआ अपने में मग्न कुछ किताबें देख रहा था कि थोड़ी-सी दूरी पर खड़ी हुई एक लड़की दिखी, कंधे पर सफेद दुपट्टा डाले हुए और बदन पर काली कमीज़ पहने हुए। वह किसी किताब के पन्ने पलटती उसमें खोई हुई लगती थी। फिर शायद वह कोई दूसरी किताब पकड़ने लगी थी कि मलिक ने देखा, उसके कानों में सिर्फ़ दो बालियां थीं, जो कुछ हिल रही थीं, पर उसका ध्यान था कि कहीं से भी हिलता नहीं दिख रहा था....

मलिक उस सादा-से लिबास वाली लड़की को देखता रह गया। और लड़की को शायद मलिक की आंखों ने हिला दिया था कि उसने मलिक की ओर देखा और फिर जल्दी से पीछे हो गई। किताबों की कतार के दूसरी ओर...

मलिक को लगा, जैसे वह लड़की नहीं थी, जंगल की हिरनी थी, जो उसे देखकर सहम गई थी...

फिर पता नहीं किस समय वह लड़की वहां से चली गई और मलिक की आंखें ख़ाली-सी हो गईं...

उसने दुकान के मालिक से पूछा जो उसका पुराना वाकिफ था कि वह लड़की कौन थी?

दुकान के मालिक ने बताया—

"नाम तो उसका मालूम नहीं, पर कभी-कभी वह यहां आती ज़रूर है और किताबें भी कई खरीद लेती है..."

फिर उसे कुछ ध्यान आया, कहने लगा—

"ठहरो! उसका नाम-पता भी हमारे पास कहीं लिखा हुआ है। वह कई बार फ़ोन पर भी कह देती है कि अमुक किताबें किसी के हाथ भेज

दीजिए, या डाक से भेज दीजिएगा..."

दुकान के मालिक ने अपना रजिस्टर देखा, कहने लगा—

"मिल गया है उसका पता, टेलीफ़ोन नंबर भी। उसका नाम है शामली..."

और पता नहीं क्यों मलिक ने उसका नाम-पता एक काग़ज़ पर लिखकर जेब में रख लिया...

पता निकाला और यह भी जाना कि वह कुंआरी है...

अब मलिक का मन उसके बस में नहीं रहा था। उसने शामली से फिर मिलने की कोशिश नहीं की, वरन् उसके मां-बाप से मिलकर उसने सीधे विवाह की बात की...

ये शामली के मां-बाप थे, जिनकी पलकों ने मलिक को जैसे सिर-माथे पर बिठा लिया। वह चाहता था कि वे बेटी से ज़रूर पूछ लें। उसकी मर्ज़ी के बिना वह कुछ नहीं कहेगा...

पर अभी तीन दिन बीते थे कि शामली के मां-बाप शगुन की मिठाई लेकर उसके घर आ गए...

मलिक ने सिर्फ़ इतना कहा कि उसे शोरगुल वाला विवाह अच्छा नहीं लगता। बस, मां-बाप की हाज़िरी सब कुछ होती है...

और शामली के मां-बाप ने हामी भरी कि वे भी बस यही चाहते हैं...

बस, छोटी-सी रस्म थी, जो हो गई। शामली उसके घर में इस तरह आई, जिस तरह हरी बेलों वाले घर में एक सुर्ख़ बेल आ गई हो...

मलिक को पता नहीं चल रहा था कि एक सपना-सा था, जो दुनिया में कहीं दिखता नहीं था, फिर यह सच किस तरह हो गया...

कॉलेज का एक चपरासी था, जो पहले दिन में दो बार घर आता था और कुछ पका-बनाकर रख जाता था। पर अब जब शामली उसके सामने रोटी की थाली रखती तो मलिक को लगता, जैसे उसने ज़िंदगी में पहली बार रोटी खाई हो...

एक बार मलिक ने कहा—

"तू थक जाती होगी, इतना काम करते हुए। उस चपरासी को फिर बुला लेते हैं, रोटी-रसोई के काम के लिए," पर शामली ने कहा—

"नहीं, उसकी बनाई रोटी में रस नहीं होता..."

घर का एकांत न कहीं से टूटा था, न बिखरा था। एक दिन मलिक ने शामली को बांहों में लेकर कहा—

"तुम इतनी देर से कहां थी?"

"अगर यही बात मैं पूछू?" शामली ने कहा और सिर नीचे कर लिया।

मलिक अपनी रौ में था, कहने लगा—

"तुमने इतनी देर क्यों कर दी मुझे मिलने में? मैं अपने खोए हुए बरसों का क्या करूं?"

पता नहीं क्यों, शामली की आंखें भर आईं, कहने लगी—

"यही तो मैं ईश्वर से पूछती हूं कि मैं अपने बीते हुए बरसों का क्या करूं?"

और एक दिन शामली बहुत देर तक मलिक के चेहरे की ओर देखती रही, फिर बोली—

"कभी-कभी मुझे ऐसा क्यों लगता है कि मैंने आपको कहीं देखा हुआ है...पता नहीं कहां, और पता नहीं कब?"

उस दिन मलिक ने हंसकर कहा—

"शायद किसी पूर्वजन्म में..."

और शामली का रंग कुछ सुर्ख-सा हो गया...

दिन गुज़रने लगे। एक दिन शामली कुछ उदास-सी थी, कहने लगी—

"मैं दो दिन के लिए अपनी मौसी को जाकर मिल आऊं?"

मलिक को ख़याल आया कि शामली ने कभी मां-बाप के घर भी जाने के लिए नहीं कहा, आज मौसी के घर जाने के लिए उसका मन कैसे हुआ। कहने लगा—

"यहीं रहती है शहर में?"

शामली ने कहा—

"नहीं! बस एक रात की दूरी पर उसका गांव है। वहां वह अकेली रहती है। अपने समय की अपनी एक टूटी-सी हवेली में। मर्द उसका रहा

नहीं और बेटे बड़े होकर विदेश चले गए..."

मलिक हंस दिया—

"तेरा मन करता है तो चली जा। इसमें पूछने वाली कौन-सी बात है?"

शामली दो दिन के लिए मौसी के गांव चली गई, पर मलिक ने देखा, जब लौटी, तो जैसे दो दिन में बड़ी कमज़ोर-सी हो गई थी...

मलिक जैसे आदमी न हो, एक देवता हो। एक दिन शामली को लगा कि अब उससे कुछ भी झेला नहीं जा रहा। जो भी होगा, वह फिर देखूंगी, पर रात को मैं उसके सामने सब कुछ बता दूंगी...

और उस रात जब वह मलिक की बांहों में थी, तो उसका रोना निकल गया। कहने लगी—

"मां ने बहुत समझाया था कि मैं चुप रहूंगी, पर आपके सामने मुझे यह चुप मेरा गुनाह लगती है..."

मलिक ने उसके होंठ चूम लिए, कहा—

"तुम जो कुछ होंठों पर रखोगी, मैं उसे चूम लूंगा..."

शामली ने कहा—

"मेरा गुनाह भी?"

मलिक के मन में जाने कैसा दुलार-सा आ, कहने लगा—

"हां, गुनाह भी..."

शामली कुछ चुप हो गई, फिर कहने लगी—

"अपनी ओर से तो गुनाह नहीं किया था, पर एक हादसे की तरह वह मुझसे हो गया..."

और वह सिसिकियों में डूबती हुई कहने लगी—

"क़रीब तीन बरस हो गए...एक सहेली के घर में एक आदमी मिला था, फिर वह किताबों की इसी दुकान पर मुझसे मिलने आ जाता था...कुछ दिनों बाद उसने कहा कि वह मेरे साथ विवाह करना चाहता है...कोई बात तो थी नहीं इंकार करने की, अच्छा-भला दिखता था, मैं मान गई...वहां भी जाने लगी थी, जहां वह किराए का एक कमरा लेकर रहता था। कहता रहा कि अभी मेरी नौकरी कच्ची है, बस पक्की हो जाए...और जब उसे पता चला कि मैं गर्भ से हूं, तो वह रातोरात मकान छोड़कर

चला गया, नौकरी भी..."

मलिक का शामली की पीठ पर रखा हुआ हाथ कुछ ठंडा-सा हो गया, पर उसने पूछा—

"उसे ढूंढ़ा क्यों नहीं था? जहां नौकरी करता था, वहां से उसके घर का पता ज़रूर मिल सकता था..."

शामली का सारा बदन जैसे तन गया, कहने लगी—

"वह कोई मर्द था, जिसे ढूंढ़ती?"

मलिक को शामली के नज़रिए से प्यार आ गया। उसे गले से लगाता हुआ कहने लगा—

"फिर उस बच्चे का क्या किया?"

शामली रो दी, जी भरकर रोने लगी, फिर कहने लगी—

"दिन बहुत ऊपर हो गए थे। जब मां को पता चला, तो उसने खीझकर मुझे मौसी के गांव भेज दिया, जहां वह अकेली रहती है।"

और शामली ने अपना सिर अपने हाथों में थामकर कहा—

"मां की ताकीद थी मौसी को कि वह चुपचाप बच्चे को किसी अस्पताल में छोड़ आएगी, पर मैं मौसी के गले लगकर रो दी थी, कहा था—मां तो शायद धर्म की मां नहीं, पर तू धर्म की मौसी हो जा, और तू ईश्वर के नाम पर बच्चे को अपने पास रखकर पाल ले।"

मलिक की आवाज़ में न गुस्सा था, न गिला, पूछने लगा—

"अब वह बच्चा कितना बड़ा हो गया है?"

शामली ने कहा—

"दो बरस का। इसीलिए मौसी को मिलने गई थी, बच्चे को देखने के लिए..."

मलिक ने रोती हुई शामली को चुप कराने के लिए पूछा—

"उसका नाम क्या रखा है?"

शामली कहने लगी—

"उसका नाम क्या रखना था! किसके नाम पर रखती! इसलिए अनाम कह देती हूं..."

उस रात का अंधेरा मलिक के चेहरे की ओर देखता रह गया, जब मलिक ने कहा—

"चलो, फिर कल जाकर अपने बच्चे को मौसी के घर से ले आते हैं..."

शामली से बोला नहीं गया...

मलिक ने ही कहा—

"शामली, मैं मर्द हूं, जिसने सचमुच प्यार किया है। तुम मेरी हो, इसलिए वह बच्चा भी मेरा है..."

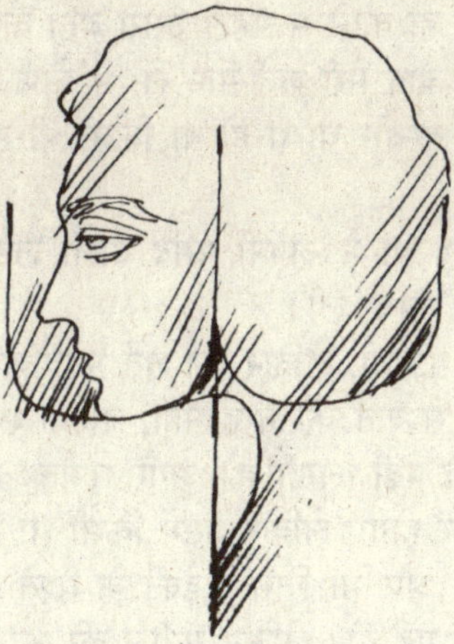

पार्वती

सुनील की मां ने सुनील की शादी के लिए खतों की सूरत में जितने भी पैगाम आए थे, और जिन पांच खतों के साथ पांच लड़कियों की तस्वीरें भी आई थीं, वह सब कुछ सुनील के आगे रख दिया।

सुनील ने सरसरी नज़र से वे सारे खत पढ़ लिए, सारी तस्वीरें देख लीं तो मां ने गौर से सुनील की ओर देखा। सुनील उसी तरह ख़ाली-ख़ाली नज़र से सामने दीवार की ओर देख रहा था, जैसे अपने से कुछ पूछने की जगह उन दीवारों से कुछ पूछ रहा हो।

मां ने पांचों में से एक तस्वीर वाली लड़की अपने मन में चुन रखी थी, लेकिन वह सुनील के चुनाव की राह में नहीं आना चाहती थी, इसलिए इतनी देर चुप रही थी, लेकिन जब सुनील ने किसी के लिए भी हामी नहीं भरी तो मां ने अपनी पसंद वाली लड़की की तस्वीर, बाकी तस्वीरों से अलग करके सुनील के सामने रख दी।

सुनील ने तस्वीर की ओर नहीं, मां की ओर देखा और कहा,

"मैं अपनी जात-बिरादरी की पाबंदियां जानता हूं। जानता हूं कि इनमें से किसी के मां-बाप भी मुझे ज़ाती तौर पर अपनी लड़की से बातें करने की इजाज़त नहीं देंगे; लेकिन मेरी एक ही शर्त है कि मैं किसी

भी लड़की के लिए हां करने से पहले उससे बात करना चाहता हूं। सो, जिस लड़की के मां-बाप मेरी शर्त मान लें, मैं सिर्फ़ उसी की बात सोच सकता हूं। वह इस तस्वीर वाली हो या किसी भी तस्वीर वाली...”

और कुछ दिनों बाद मां ने अपनी पसंद वाली लड़की के मां-बाप से सुनील की यह शर्त मनवा ली।

शर्त मान ली गई थी, लेकिन यह शर्त मनवाकर मां खुश नहीं थी, क्योंकि दूसरी ओर से शर्त की तरह नहीं, बल्कि संकेत की तरह कहा गया था कि लड़की पढ़ी-लिखी है। अगर सुनील को यह रिश्ता मंज़ूर हुआ तो रिश्ता ज़रूर होगा, लेकिन उसमें किसी भी तरह का कोई दहेज शामिल नहीं होगा। और मां जिस लड़की के रिश्ते के लिए आतुर थी, उसी से उदासीन हो गई थी। लेकिन सुनील की आंखें, जो पूरे दो बरस से अपने कमरे की दीवारों की ओर ख़ाली-ख़ाली नज़रों से ताकती रहती थीं, उस दीवार पर जैसे कोई परछाईं-सी हिलती हुई देखने लगीं...

और आखिर मुलाकात का समय आ गया। लड़की वालों के घर में ही पिछवाड़े की तरफ़ एक कच्चा कोठा था, नारियल के पेड़ों में छिपा हुआ-सा, जिसे बिरादरी की आंखों से बचाकर झाड़-पोंछ दिया गया था।

लकड़ी का एक तख्ता उस कच्चे कोठे की दीवार में चिना हुआ था, शायद घर का कुछ सामान रखने के लिए। वही झाड़-पोंछकर लड़की के बैठने की जगह बना दिया गया था और सुनील के बैठने के लिए एक लकड़ी की कुर्सी का प्रबंध कर दिया गया था...

सुनील जानता था कि इस समय उसे घर के अगले दरवाज़े की ओर से स्वागत नहीं मिलेगा, उसे पिछवाड़े की ओर से जाना है, लेकिन यह बात उसकी मुलाकात के रास्ते में रुकावट नहीं हो सकती थी। सिर्फ़ मुलाकात की घड़ी में उसे एक बात अपनी ग़लती-सी लगी कि वह अपनी मां से लड़की का नाम पूछना भूल गया था...

और अपने ही अंगों में सिमटकर खड़ी हुई एक लड़की ने जब नमस्कार की-सी मुद्रा में उसके आगे दोनों हाथ जोड़े तो कुछ घबराकर

सुनील के होंठों से निकला,

"बैठिए देवी, जो भी आपका नाम है..."

लड़की ने एक नज़र भरकर उसकी ओर देखा, लेकिन सुनील का ध्यान उसकी ओर नहीं था। वह कुर्सी की ओर उसको बैठने का इशारा करती हुई कुछ सिकुड़ी-सी दीवार के पास तख्ते पर बैठ गई।

अब ख़ामोशी को लड़की को नहीं तोड़ना था, इसलिए ख़ामोशी कुछ लंबी हो गई तो उसने फिर सुनील की ओर देखा और हैरान हुई कि उसकी नज़र उसकी ओर नहीं थी। आज सवेरे मां ने एक रंगीन किनारी वाली धोती उसे खास रूप से पहनाई थी। केसर के उबटन से उसे नहाने और संवरने के लिए कहा था, आंखों में काजल भी डलवाया गया था, और हाथों में कांच की चूड़ियां भी...और उसे जैसे मालूम था कि आज उसका नखशिख तराज़ू पर रखा जाएगा...लेकिन वह हैरान हुई कि ब्याह का फैसला करने वाला, जो खास शर्त रखकर आया था, वह एक नज़र भी उसकी ओर नहीं देख रहा था...

सुनील कुर्सी पर ऐसे बैठा हुआ था जैसे अपने ही ख़यालों में लिपटा हुआ हो...

और जैसे सूरज की धूप अचानक कभी गहरी धुंध को चीर देती है, सुनील की आवाज़ चमक-सी उठी—

"मैं कोई शिवजी नहीं हूं, लेकिन एक त्रिशूल है, जो सारी उम्र मैंने उठाना है..."

लड़की चौंक गई और सुनील के हाथों की ओर देखने लगी। सुनील भी उस समय अपने हाथों की ओर देख रहा था, बोला—

"जिसे भी मेरे साथ उम्र गुज़ारनी है, उसे मेरे साथ वह त्रिशूल भी उठाना पड़ेगा। मैं यही कहना चाहता था, इसीलिए मिलने की शर्त रखी थी..."

लड़की अपने ही अंगों में जैसे सिकुड़ी हुई थी, लेकिन उसे लगा, उसके अंगों का तनाव कम हो रहा है। उसका संकोच अब उसके गिर्द उसकी धोती के कसे हुए पल्ले जैसा नहीं था। वह सुनील की ओर देखने लगी।

सुनील की आंखें न लड़की की ओर देख रही थीं, न किसी दीवार

की ओर, वे जैसे दीवारों के पार दूर तक फैले हुए किसी शून्य में देख रही थीं...

वह बोला—

"जैसे किसी पहाड़ की चढ़ाई चढ़ते समय इर्द-गिर्द के खड्ड और गहरे होते जाते हैं, उसी तरह मैं जब बचपन से गुज़रकर जवानी की चढ़ाई चढ़ने लगा तो मुझे लगा कि मेरे दाएं-बाएं के खड्ड गहरे होते जा रहे हैं...मैं रोज़ सपने में डरता था कि अभी किसी पहाड़ के पत्थर पर से मेरा पैर फिसल जाएगा और मैं गहरे खड्ड में गिर जाऊंगा...

"एम.ए. कर रहा था, जब घर में मां ने मेरे ब्याह की बात चला दी थी। न जाने इस बात में क्या राज़ था, मुझे रोज़ रात के समय एक भय-सा लगने लगा। मुझे आए दिन सपना आने लगा था कि मेरा ब्याह हो चुका है और मेरी पत्नी मेरे साथ पहाड़ पर चढ़ रही है और मैं अचानक सोचता हूं कि उसे दोनों हाथों से पकड़कर खड्ड में गिरा दूं... या यह लगता था, मैं अभी दोनों हाथों से उसका गला घोंट दूंगा..."

सामने बैठी हुई लड़की को लगा जैसे उसकी आंखों में पड़ा हुआ काजल गहरे काले बादलों की तरह उसकी आंखों में भर गया है...

लेकिन सुनील का ध्यान लड़की की ओर नहीं था। वह अपने ध्यान में खोया कहे जा रहा था—

"मुझे अपने आप से इतना डर लगने लगा कि मैं घबराकर पहले एक सायकायट्रिस्ट के पास गया, फिर एक दरगाह पर, जहां एक दिन एक मुसलमान फकीर ने मुझे बताया कि मुझ पर किसी रूह की पकड़ है। उसी ने बताया कि यह मेरी सौतेली मां की भटकती हुई रूह है, जो मेरे बाप से बदला लेना चाहती है ताकि उसके वंश में किसी का घर आबाद न हो...

"तब तक मुझे यह मालूम नहीं था कि मेरे पिता की कोई पहली पत्नी भी थी, जिसे उसने छोड़ दिया था। यह बात मैंने पहली बार उस मुसलमान फकीर से सुनी। घर आकर पहले मां से पूछा, फिर सीधे पिता से ही। मालूम हुआ कि यह बात सच थी। मेरे पिता ने अपनी पहली पत्नी और दो बच्चों को छोड़ दिया था। वह औरत और वे बच्चे अब कहां थे, मेरे पिता मुझे कुछ नहीं बता सके। मैंने उस दरगाह पर जाकर फिर उस

फकीर को ढूंढ़ना चाहा, लेकिन वह मुझे नहीं मिला...

"किसी ने एक महापंडित की ख़बर दी। मैं उसके पास गया, लेकिन उसने सिर्फ़ इतना कहा कि तुम्हारी सौतेली मां अब जीवित नहीं है, अब वह भटकती हुई आत्मा बनकर तुम्हें परेशान कर रही है। उसकी मौत पर विधिवत् क्रियाकर्म नहीं हुआ होगा, इसीलिए उसकी आत्मा भटक रही है। तुम हरिद्वार, जाकर उसके नाम पर विधिवत् क्रियाकर्म करो...

"मैंने घर में यह बात मां को भी नहीं बताई, पिता को भी नहीं और हरिद्वार जाकर उसके नाम पर दान-पुण्य भी किया, क्रियाकर्म भी, लेकिन कुछ दिनों बाद मेरे नाम एक चिट्ठी आई, जो मेरी सौतेली बहन की लिखी हुई थी कि अब मां भी नहीं रही। मेरा भाई पहले ही मर गया था, मैं अकेली हूं। और अब तुम्हारे सिवा मेरा कोई नहीं है। आखिर मैं तुम्हारी बहन हूं। तुम मुझसे मिलते क्यों नहीं?...

"वही पंडित जिसने क्रियाकर्म करवाने के लिए कहा था, कहने लगा कि तुम्हारी बहन की यह चिट्ठी ज़रूर उसी क्रियाकर्म का असर है। तुम्हारी सौतेली मां की भटकती हुई आत्मा ने ज़रूर उसे प्रेरणा दी होगी तुम्हें चिट्ठी लिखने की...

"मैं अपने मां-बाप की चोरी से उस चिट्ठी में लिखे पते पर गया और अपनी बहन को ढूंढ़ लिया। वह मुझे गले लगाकर बहुत रोई। उसी ने मुझे बताया कि अपनी मां की मौत के बाद वह अपने बाप के घर आई थी, लेकिन बाप ने उसे सहारा नहीं दिया। मेरी मां ने भी सवेरे की आई हुई लड़की को सिर्फ़ खाना खिलाकर दोपहर को कह दिया था कि अब वह जा सकती है...

"मेरी वह बहन मुझसे उम्र में बहुत बड़ी है। जैसे-तैसे करके उसके ग़रीब मामा ने उसका ब्याह कर दिया था। उसका पति अच्छा है, इसीलिए उसका घर बस गया है। उसे सिर्फ़ एक दुख था कि उसके पिता ने कभी उसका हाल नहीं पूछा। और फिर उसे एक सपना बार-बार आने लगा था, जिसमें उसे अपने मरे हुए भाई की शक्ल दिखाई देती थीं। यही भाई का वियोग था, जिसने एक दिन उससे मुझे चिट्ठी लिखवा दी थी।"

सुनील जब यह सब कुछ बता रहा था, उसके सामने लकड़ी के

तख्ते पर बैठी हुई लड़की को लगा कि उसकी आंखों का काजल, जो गहरे काले बादलों की तरह उसकी आंखों में फैल गया था, अब उन बादलों में से उसे कुछ रोशनी दिखाई देने लगी है। वह हुंकारे की तरह तख्ते से कुछ आगे को सरककर सुनील की कुर्सी के पास हो गई।

सुनील कह रहा था—

"मुझे वह दिन पता नहीं है जब मेरी वह बहन अपने टूटे हुए रिश्ते को जोड़ने के लिए हमारे घर आई थी—हमारे नहीं, अपने घर आई थी और उसे किसी ने उसका रिश्ता नहीं लौटाया था। जिस दिन मुझे इस बात का पता लगा, मेरे अपने घर से मेरा रिश्ता टूट-सा गया...

"अब मेरा रिश्ता सिर्फ़ मेरी उस बहन से है, और किसी से नहीं। मैं अभी मां-बाप के घर में रहता हूं, लेकिन यह उनके पास रहने वाली बात मैं ज़्यादा दिन नहीं निभा सकता...उन्हें बिलकुल मालूम नहीं है कि मैं दफ्तर की छुट्टियों में जब बाहर जाता हूं, तो कहां जाता हूं। मैं अपनी बहन के पास जाकर कई दिन रहता हूं। मेरी तनख्वाह का कुछ हिस्सा हर महीने मेरी बहन के पास जाता है। वह सुखी है, लेकिन वे लोग बहुत ग़रीब हैं।..."

सुनील के सामने बैठी हुई लड़की के गिर्द जो रंगीन किनारी वाली धोती थी, लड़की को लगा कि उस किनारी के रंग सारी धोती पर फैलते जा रहे हैं....

उसे लगा, जो भेद उसने आज तक अपने सगे माता-पिता से भी नहीं बांटा था, आज अचानक एक अजनबी लड़की से बांटने आ गया था...

सुनील कह रहा था—

"यही त्रिशूल है। दरगाह वाले पीर के कहने के मुताबिक मेरी अजीब बेचैनी इसलिए थी कि मुझ पर एक भटकती हुई रूह की पकड़ थी, और मेरी उस बहन के मुताबिक यह उसके मरे हुए भाई की रूह थी, जिसने मेरी सूरत में दोबारा जन्म लिया है, और मेरे मुताबिक यह मेरे पिता का गुनाह है, जिसने पछतावे की सूरत में उसके अपने घर में जन्म ले लिया है..."

सामने बैठी हुई लड़की ने अचानक तख्ते से उठकर सुनील के पैर

छू लिए और सिर झुकाकर उसके सामने खड़ी हो गई। उसके होंठों से बहुत धीरे से, लेकिन पुख्ता आवाज़ में निकला—

"मैं यह त्रिशूल उठा सकती हूं।"

सुनील कितनी ही देर तक चुपचाप उस लड़की की ओर देखता रहा। फिर बोला—

"देवी, मैं अभी तक तुम्हारा नाम भी नहीं पूछ सका..."

"मेरा नाम पार्वती है," लड़की धीरे से हंस दी और बोली—

"आज तक कुछ और नाम था, आज से मेरा नाम पार्वती है..."

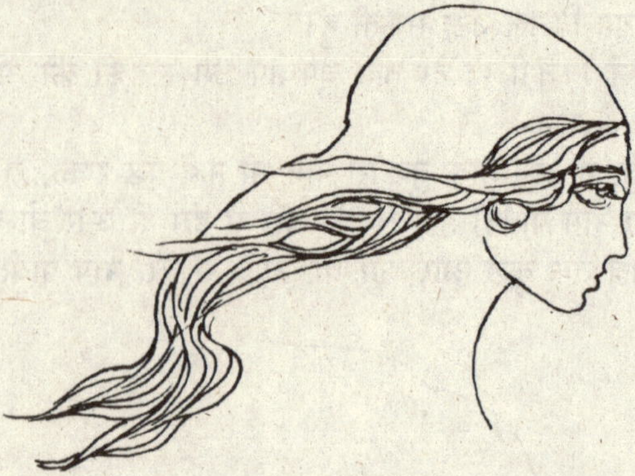

रिश्ता

एक ज़माना था जब लाहौर में दो परिवार थे। खान-पान इतना इकट्ठा, जैसे वे क़रीब के रिश्तेदार हों...

तब एक परिवार में एक बेटी का जन्म हुआ, इतनी सुंदर कि लोग कहते, किसी अप्सरा ने जन्म लिया है...

और दूसरे परिवार में एक लड़का था, मुश्किल से तीन बरस का, जब उसकी मां ने उस दूसरे परिवार वालों को शादी का पैगाम भेजा। कहा—

"जब यह बेटी बड़ी होगी तो मेरी बहू बनेगी..."

वक़्त गुज़रता गया, और जो बनने वाली सास थी, वो अपनी छोटी-सी, बनने वाली बहू को कभी बाज़ार में ले जाती, कांच की चूड़ियां पहनाती और कभी किनारी वाली चुनरी उढ़ाती...

दोनों घरों के बच्चे बड़े होते गए और वे दिन नज़दीक आते गए, जब दोनों घरों में शगुन किए जाने थे और शहनाई बजने वाली थी कि हिंदुस्तान का बंटवारा हो गया...

दोनों परिवार क्रिश्चियन थे, लेकिन उन्हें भी तकदीर ने बांट दिया। लड़के वालों का परिवार वहीं रहा, लाहौर में, और बेटी वालों का परिवार इधर आ गया, सीमा के इस तरफ़...

फिर भी खतो-किताबत होती रही, और जो वादा किया था, वो बना रहा...

लेकिन जब हिंदुस्तान और पाकिस्तान के दरमियान जंग हुई तो कोई ख़बर तक भी न आ सकती थी, न जा सकती थी...

बहुत दिनों के बाद हालात कुछ बदले। उधर से बेटी की होने वाली सास का पैगाम आया कि अब शादी की रस्म हो जानी चाहिए। हालात बदल गए थे, लेकिन खुशगवार नहीं थे। इसलिए लड़की के बाप ने सोचा— इन सियासत वालों का क्या यक़ीन, कभी जंग करने लगेंगे, कभी सुलह करने लगेंगे; लेकिन अगर मेरी बेटी उस तरफ़ चली गई, तो बहुत मुमकिन है कि हालात फिर बिगड़ जाएं और वो कभी अपनी बेटी को देख भी न पाएं, इसलिए उसने बड़े खलूस से जवाब दिया कि अब हम लोगों का वो सपना पूरा नहीं होगा...

बेटी की शादी इधर कहीं तय कर दी गई, तो बेटी को एक बेचैनी-सी हुई। उसे उस लड़के से मुहब्बत नहीं थी, जो अब सीमा के पार था, लेकिन उसकी मां से मुहब्बत थी, जिसने उसकी सास होना था...

यह ख़बर उधर भी मिली, और जिसने सास बनने का ख्वाब देखा था, उसने मुबारकबाद भी भेजी, साथ ही किसी के हाथ ज़री का एक जोड़ा भी भेज दिया। लिखा—

उसकी शादी कहीं भी हो, लेकिन वो मेरी बहू है, मेरी रहेगी। और शादी के वक़्त वो मेरे घर का जोड़ा पहनेगी...

उस वक़्त लड़की की आंखों में तो आंसू आए, शायद इंसान की तकदीर की आंखों में भी आंसू आ गए होंगे...

क़रीब दो साल गुज़रे थे कि लड़की के घर में एक बच्चे का जन्म हुआ।

अब सीमा के दोनों तरफ़ खत आने-जाने लगे थे, इसलिए उधर से मुबारक भी आई और साथ बच्चे के कुछ कपड़े भी और सोने की छोटी-सी ज़ंजीर भी। पर खत आया—वो बच्चा किसी का भी हो, लेकिन पोता तो मेरा है। उसे पहली बार मेरे घर के कपड़े पहनाए जाएं...

अब क़ुदरत का यह रहस्य कोई नहीं जानता कि उस तरफ़ जो 'सास' थी, जब वो इस दुनिया में नहीं रही, तब बहुत दिन नहीं गुज़रे थे कि इस तरफ़ जो 'बहू' थी, उसका तलाक हो गया...

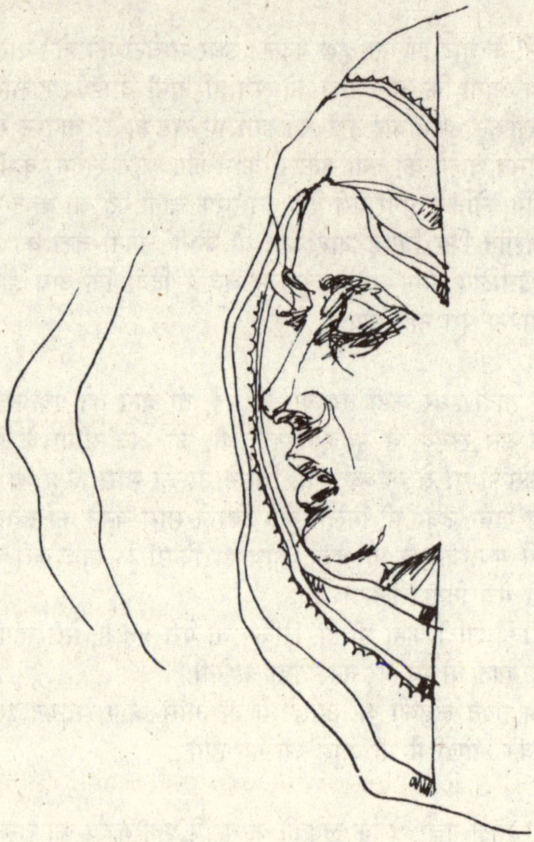

आम का बौर

उसका नाम किसी ने नहीं रखा। पैदा हुई तो उसकी दादी उसे गोद में लेकर खिलाती और कहती—

"यह तो वीरांवाली आई है। एक वीर पहले भेज दिया, अब एक अपने साथ लाएगी..." लेकिन यह नाम वीरांवाली और किसी ने नहीं बुलाया...

वो कुछ बड़ी हुई तो किसी के मुंह से निकला—

"हाय, कितनी प्यारी है, पतली छमक-सी," तो हंसी-हंसी में उसका नाम छमक पड़ गया, और यही सब बुलाने लगे...

गांव में लड़कियों का एक स्कूल था, प्राइमरी तक, लेकिन जब छमक का वक़्त आया, तो वो स्कूल दसवीं तक हो गया। स्कूल की पढ़ाई तो दसवीं तक हो गई, लेकिन उसका इम्तहान पास वाले शहर में जाकर देना होता था। लेकिन यह बात भी छमक के लिए मुश्किल नहीं थी, क्योंकि तब तक छमक की मौसी का घर शहर में बन गया था, जहां उन लोगों का कारोबार था, अनाज मंडल में...

इम्तहान में दस-बीस दिन रहते थे जब छमक की मौसी खुद गांव आकर छमक को ले गई। उसका कहना था कि शहर के किसी स्कूल

के मास्टर से वो दस-बीस दिन और पढ़ लेगी तो अच्छा रहेगा...

ये मार्च के दिन थे। मौसी के बहुत तलाशने पर भी कोई मास्टर नहीं मिल पाया, जिसके पास दस-पंद्रह दिन ख़ाली हों। इसलिए मौसी के बेटे बीर ने ही बंदोबस्त किया। उसने अपने कॉलेज के दिनों वाले अपने दोस्त रब्बी से कहा कि उसकी बहन की खातिर वो कुछ दिनों के लिए वक़्त निकाल ले...

बीर ने कॉलेज बीच में ही छोड़ दिया था। उसके चाचा की मौत ने बीर के बाप को बहुत अकेला कर दिया था और अब उसे अपने कामकाज के लिए बीर की ज़रूरत थी। लेकिन रब्बी ने कॉलेज भी पूरा कर लिया था और अब आगे की पढ़ाई के साथ-साथ नौकरी भी कर रहा था। बीर के साथ उसका मिलना-जुलना बना हुआ था, इसलिए बीर ने उससे रोज़ के दो घंटे मांग लिए—छमक के लिए...

रब्बी आया। कमरे में क़दम रखते ही उसकी आंखें जैसे बाहर की ओर देखने की जगह अपने अंदर में उतर गईं। अंदर कहीं एक झांवला-सा था, और उसे लगा, इस वक़्त वही झांवला बाहर उसके सामने खड़ा था...

छमक के गले में पहनी हुई हरी कमीज़ एक बार तो रब्बी की आंखों के सामने एक पेड़ की तरह दिखाई देने लगी और उसके कानों की पतली तार की बालियां, जैसे पेड़ के पत्तों की तरह झूमती, हों...

बीर कह रहा था—

"रब्बी! यह मेरी बहन है—छमक..." और छमक ने दोनों हाथ जोड़कर नमस्ते की, लेकिन रब्बी खामोश-सा कुर्सी पर बैठ गया। उसे थोड़ा वक़्त लगा अपने को सम्भालने में...

गणित की गिनती-मिनती से गुज़रते हुए जाने कब दो घंटे गुज़र गए, लेकिन वक़्त का ख़याल तब आया जब मौसी ने कमरे में आकर चाय रखी और कुछ मट्ठी-मिठाई भी....

खाया-अनखाया-सा करके रब्बी वहां से अपने घर गया, तो जाते ही अलमारी में अपने कागज़ों को उलटने-पलटने लगा, बड़ी जल्दी से...

फिर कुछ कागज़ हाथ में लेकर वो गौर से उन्हें देखने लगा। रब्बी को आर्ट का कुछ पता नहीं था, लेकिन एक सपना था, जो उसे कई बार आता था और उसे देखते ही वह चौंक जाता था। एक बार उसने अपने सपने को लकीरों में उतारा, तो फिर कई बार उतारा, लेकिन हर बार उसे लगता था कि वो ठीक से कागज़ पर नहीं उतर पाया...

एक सपना था, जो पता नहीं बार-बार क्यों आता था। दिखाई देता कि कहीं आम का एक पेड़ है—कुछ दूर-सा दिखाई देता, और जब वो कुछ पास जाता, तो वहां पेड़ नहीं होता था, उसकी जगह एक लड़की खड़ी हुई दिखाई देती...वो और पास जाता, तो वहां लड़की भी नहीं होती थी, लेकिन वहां वो पेड़ ज़रूर होता था, जो दूर से दिखाई देता था...

रब्बी को जब भी यह सपना आता, वो कुछ घबराकर जाग उठता। इस सपने को उसने कई बार कागज़ों पर उतारने की कोशिश की थी...वो लड़की कभी तो लगता, दूर से उसे देख रही होती, कभी वो सिर्फ़ पीठ की ओर से दिखाई देती, जिसका हरा पल्लू हवा में उड़ता-सा होता...कभी देखता कि उसने पेड़ की एक टहनी पर हाथ रखा हुआ है...और कभी वहां पेड़ नहीं होता था, सिर्फ़ वो लड़की होती थी...

अब रब्बी अपने उन कागज़ों पर उतारी हुई सूरत से छमक की सूरत मिलाकर देख रहा था। सूरत कागज़ों पर उस तरह नहीं मिल रही थी, जिस तरह उसे अपने अंदर से मिल रही थी...

वो छमक के सामने पड़ी मेज़ पर बैठता था। एक बार खिड़की से आते हुए हवा के झोंके से मेज़ के सारे कागज़ बिखर गए थे। छमक ने उठकर खिड़की बंद कर दी थी। उस वक़्त खिड़की के पास खड़े होने के कारण छमक की चुनरी उड़ने लगी थी। और फिर जब उसकी चुनरी से उसकी बालियां कुछ अटक गईं, तो उन्हें खोलती-सम्भालती छमक बिलकुल वही दिखाई देने लग गई, जो रब्बी को सपने में दिखाई देती थी...

ये छमक को पढ़ाने वाले पंद्रह-बीस दिन रब्बी के लिए एक कयामत बन गए...

वक़्त गुज़रना था, गुज़र गया। रब्बी ने न कुछ छमक को बताया, न अपने दोस्त को। चुप का चुप रह गया...

इम्तहान हो गया तो छमक के लौटने का वक़्त भी आ गया, सिर्फ़ उस दिन रब्बी ने कहा—

"छमक, तुम आगे कॉलेज में क्यों नहीं पढ़ती?"

छमक चुप रही, फिर कहने लगी—

"जी तो चाहता है, पर ऐसा होगा नहीं..."

"क्यों?" रब्बी ने कुछ इस तरह पूछा, जैसे उसकी आवाज़ में कुछ लाचारी हो, यह पूछने की...

छमक पहले तो चुप रही, फिर कहने लगी—

"फिर मेरे भाई का ब्याह कैसे होगा..."

बात कुछ अटपटी थी, जिससे रब्बी को हंसी भी आई और अजीब-सी व्याकुलता भी...

मौसी कमरे में चाय-पानी रख रही थी। उसके साथ उसकी बेटी लाली भी थी। लाली छमक की उम्र की नहीं थी, छोटी थी, लेकिन उसे छमक से इतना प्यार हो गया था कि उसका मन भी चाहता था कि छमक यहां उनके घर रहकर आगे की पढ़ाई करने लगे। इसलिए लाली जल्दी से छमक के पास आकर कहने लगी—

"रब्बी भाई की बात मान लो न दीदी! तुम्हें कॉलेज बहुत अच्छा लगेगा..."

छमक चुप थी। पास से मौसी कहने लगी—

"रब्बी बेटा! बात यह है कि छमक के भाई का ब्याह तभी होगा, अगर छमक का होगा तो। हमारी ओर इसी तरह ब्याह होते हैं। जिस घर की बेटी लाते हैं, उस घर में अपनी बेटी देनी होती है। जहां बात पक्की हुई है वहां सिर्फ़ छमक के इम्तहानों तक का वक़्त दिया गया है। अब जाते ही, दो दिन के फासले पर छमक का ब्याह भी होने वाला है और उसके भाई का भी..."

रब्बी की आंखों के सामने न पेड़ रहा, न लड़की, सिर्फ़ एक अंधेरा बिछ गया...

मौसी ने आगे बढ़कर छमक के आंसू पोंछे, फिर कहने लगी—

"रोती क्यों है? अगर तेरा मर्द अच्छा हुआ तो उसे मना लेना आगे पढ़ने के लिए। कॉलेज में दाख़िला तो जुलाई में होगा। बस, फेरे लेकर चली आना..."

फेरे!..यह लफ़्ज़ था, जो रब्बी के कानों से टकराया, तो फिर उसे कुछ सुनाई नहीं दिया। वो उठकर कमरे से चला गया...

छमक का घर शगुनों से भरा हुआ था। जिस रोज़ इस घर के लोगों ने बारात चढ़ाकर दूसरे घर में जाना था, उससे चौथे रोज़ दूसरे घर वालों ने बारात चढ़ाकर उनके घर में आना था...

छमक के भाई को सेहरा बांधा गया। वो घोड़ी पर चढ़ा। छमक ने घोड़ी की बाग़ पकड़ी। फिर भाई डोली लेकर आया। उसने भाभी के मुंह में निवाले दिए। लेकिन छमक को लगता रहा, जैसे वो कुछ नहीं कर रही थी, सिर्फ़ सब कुछ होते देख रही थी...

छमक को मेहंदी लगी...

उबटन मलकर नहलाया गया। उसके बदन पर किनारी वाले कपड़े झिलमिलाने लगे। और जब उसने आईने में अपने को देखा तो उसे लगा, जाने कौन थी जो आईने में दिखाई दे रही थी, लेकिन वो नहीं थी, कहीं नहीं थी...

जाने यह कैसी आंधी थी, जिसने छमक के पैरों तले से ज़मीन भी निकाल ली और आंखों के सामने से आसमान भी...

जिस गांव में वो ब्याही आई थी, चार रोज़ के बाद वो गांव की लड़कियों के साथ बाहर खेतों में जाने लगी...

खाले के पास जाकर उसके सिर को ऐसा चक्कर आया कि वो वहीं एक पेड़ के नीचे बैठ गई...

उसके साथ की तीनों लड़कियां उसे बांहों से पकड़कर पेड़ के नीचे से उठाने लगीं—

"जल्दी उठो, जल्दी। थोड़ी दूर चलकर हम बैठ जाएंगी। यहां नहीं, यहां लड़कियां नहीं बैठती..."

छमक ने हैरानी से लड़कियों की ओर देखा।

एक बोली—

"अरी, यह पेड़ शापित है। इसके नीचे गांव की कोई लड़की नहीं बैठती...खड़ी भी नहीं होती..."

छमक ने पूछा—

"क्यों ?"

लेकिन पूरी बात लड़कियों को मालूम नहीं थी। कहने लगीं—"बस, इतना ही कहते हैं कि इस पेड़ को शाप लगा हुआ है। इसे बौर लगता है, लेकिन फल नहीं लगता। इसलिए यहां किसी लड़की को इसके पास नहीं आने देते..."

छमक ने पेड़ के झड़ते हुए बौर को हाथों में लिया तो लड़कियों ने ज़बरदस्ती उसे वहां से उठा दिया...

अब छमक का उठते-बैठते एक ही मन चाहता—उस पेड़ के नीचे जाने के लिए...

कुछ दिन और गुज़र गए, तो वो अकेली घर से जाने लगी, उस पेड़ के नीचे बैठने के लिए...

उसे खुद पता नहीं चल रहा था कि उसे क्या हो रहा था...

कभी आंखों के सामने रब्बी का झांवला-सा आता, लेकिन उसकी ओर नज़र भरकर देखना भी उसके बस में नहीं था, और झांवले को आंखों के आगे से हटाना भी उसके बस में नहीं था...

कुछ दिनों बाद घर के लोगों को लगने लगा कि छमक बहुत खूबसूरत थी, जाने इसीलिए शरीकों में से किसी ने कुछ कर दिया था...वो उठती-बैठती कुछ होश में नहीं लगती थी...

घर की एक बुज़ुर्ग औरत ने किसी फकीर से भी पूछा और फिर उसके कहने पर चार मंगलवार दरिया पर भी जाती रही, हर बार एक नारियल दरिया में बहाने के लिए...पर छमक की हालत उसी तरह रही...

एक दिन छमक अकेली जाकर खाले वाले पेड़ के नीचे बैठी हुई थी कि गांव का एक बुज़ुर्ग आदमी लाठी टेकता हुआ पास से गुज़रा।

नज़दीक आया तो बोला—

"बेटी, इस पेड़ के नीचे मत बैठो। इस पेड़ पर किसी की रूह रहती है..."

छमक कुछ देर उस बुज़ुर्ग की ओर देखती रही, फिर उठकर उसके पैर छूकर पूछने लगी—

"बाबा! यहां किसकी रूह है? मुझे भी यही लगता है कि कोई मुझे यहां बुलाता है..."

बुज़ुर्ग ने कहा—

"बेटी! एक बात कहते हैं, पता नहीं कब की है, देखी तो मैंने भी नहीं, पर सुनी थी कि इस गांव की एक लड़की होती थी, राजी, जिसे साथ वाले गांव के पूरण से मुहब्बत हो गई। राजी के भाइयों ने पूरण से कहा कि वो शहर जाकर कुछ पैसा कमाकर लाए, गांव में पक्का घर बनाए, तो वो राजी उससे ब्याह देंगे..."

छमक का जैसे सांस रुकता जा रहा था...

बुज़ुर्ग ने कहा—

"उस वक़्त यही पेड़ था, जहां राजी आकर खड़ी हो जाती। उसने जाते हुए पूरण से कहा था—'यहां से गांव का बड़ा रास्ता दिखाई देता है, जो शहर की ओर जाता है। वो यहीं पेड़ के नीचे बैठकर उसकी राह देखती रहेगी, जब तक वो लौटता नहीं...लेकिन उस बेचारे ने कैसे लौटना था! उसे तो राजी के भाइयों ने शहर की राह जाते हुए मरवा दिया था, इसीलिए राजी भी पागल हो गई और पेड़ भी...इसीलिए अब पेड़ को फल नहीं लगता...मरती हुई राजी ने कहा था—'जब पूरण आ जाएगा, तब पेड़ को फल लगेगा'..."

बुज़ुर्ग ने अपनी गीली आंखें पोंछी और कहा—

"इसीलिए बेटी, तुम इस पेड़ के नीचे न आया करो। यह शापित हो गया है..."

उस वक़्त छमक ने शहर की ओर जाते हुए रास्ते को देखा और कहने लगी—

"शापित नहीं हुआ बाबा! बैरागी हो गया..."

बुज़ुर्ग छमक की आरे देखने लगा...

बात शहर तक भी पहुंची, छमक की मौसी तक भी, कि छमक जब से ब्याही है, जाने उसे क्या हो गया है। वो छमक को देखने के लिए जाना चाहती थी, लेकिन घर से जाना नहीं हो पा रहा था। इसलिए उसकी बेटी लाली कहने लगी—

"मां, मुझे जाने दो। मेरा छमक दीदी को मिलने के लिए बहुत दिल चाहता है..."

रब्बी को पता चला कि लाली छमक के पास जाने वाली है, तो उसने एक दिन लाली के स्कूल में जाकर लाली से कहा—

"अगर मैं तुम्हें एक खत दूं, तो तू छमक को दे देगी, अकेली को, जब कोई उसके पास न हो..."

लाली अब कुछ बड़ी हो गई थी। ज़िंदगी के रहस्य उसके सामने भी किसी-किसी अक्षर की तरह उघड़ने लगे थे, कहने लगी—

"रब्बी भाई! आपने छमक को गांव क्यों जाने दिया था? यहां वो कॉलेज में पढ़ती तो..."

रब्बी कुछ उलझन में था कि वो छमक को अपने सपने की बात बताए या नहीं...और इसी बेचैनी में उसने सिर्फ़ चार पंक्तियां लिखीं, छमक के लिए। लेकिन वह अभी भी उलझन में था कि यह बात छमक को बताए या नहीं...सोच रहा था—अब बताने से क्या होगा...पर कुछ था जो उसके कहने में नहीं था—एक बार तो उसे बता दूं जिसे कई बार देखता हूं...

लाली ने उसके हाथ से खत ले लिया। रब्बी ने कहा कुछ नहीं, लेकिन मायूस-सी आंखों से लाली की ओर देखा...

लाली गांव आई, लेकिन छमक मायके के घर में नहीं थी। मां ने रोकर बताया—

"कहते हैं, वो अच्छी नहीं है। कई बार बुला भेजा है, लेकिन आती भी नहीं...कहते हैं, खाले वाले पेड़ के नीचे जाकर अकेली बैठी रहती है...जाने किसी ने उसे क्या कर दिया है..."

लाली ने कहा—

"मौसी, मुझे वहां भिजवा दो। मैं तो उसे मिलने आई हूं, मिलकर

जाऊंगी..."

छमक की मां ने कुछ मट्ठी-मिठाई टोकरे में डाली और अपने पुराने एतबारी कामगार के साथ लाली को उस गांव भेज दिया जहां छमक थी...

लाली छमक से छोटी थी, फिर भी छमक को लगा, कोई अपना बड़ा उसके पास आया है। वो लाली से कभी मौसी का हाल पूछती, कभी बीर का, और फिर खामोश-सी उसकी ओर देखने लग जाती...

दूसरी शाम छमक लाली को लेकर उसी खाले वाले पेड़ के नीचे चली गई, जहां लाली ने आहिस्ता से पूछा—

"तू किसी और का हाल नहीं पूछेगी?"

छमक ने कहा कुछ नहीं, पर लाली की ओर देखने लगी। लाली ने ही हंसकर कहा—

"दीदी, रब्बी भाई का हाल नहीं पूछना?"

छमक सारी की सारी अपने दिल की तरह धड़कने लग गई...

"यह लो, रब्बी भाई ने तुम्हें एक खत दिया है," लाली ने कहा तो छमक के हाथ खत लेते हुए काम्पने लग गए...बस, चार पंक्तियां थीं—'जब से मैंने होश सम्भाला है, सपने में मुझे एक पेड़ दिखाई देता है। फिर देखता हूं कि वहां पेड़ कोई नहीं होता, वहां तुम होती हो...पास जाता हूं तो तुम कहीं नहीं होतीं, सिर्फ एक पेड़ होता है...'

और इन चार पंक्तियों के नीचे एक और पंक्ति थी—

"मैं इस सपने का रहस्य नहीं जान पाया। अगर तुम्हें कुछ पता चले तो बताना..."

छमक की आंखों के सामने से सारे अक्षर अलोप हो गए, वो कागज़ भी, और उसकी जगह एक रोशनी-सी चमक गई कि वो छमक नहीं थी, राजी थी, और रब्बी उसका पूरण था...

छमक पूरी तरह होश में नहीं थी। लाली मुश्किल से उसे थामकर घर लाई। छमक सारी रात चारपाई पर ऐसे पड़ी रही, जैसे उसमें जान न रही हो...

लाली ने वो खत सम्भाल लिया, छिपा लिया, लेकिन बड़ी घबरा गई थी। घर के लोगों ने लाली को हौसला दिया—

"तू चिंता न कर बेटी, इसका तो रोज़ का यही हाल है...कई हकीमों से पूछ चुके हैं, फकीरों-दरवेशों से भी...जाने इसे क्या हो गया है..."

दूसरे रोज़ लाली ने लौटना था, छमक भी कुछ होश में थी, वह लाली से कहने लगी—

"खत का जवाब लेकर नहीं जाएगी?"

"हां, लेकर जाना है," लाली ने कहा और रो पड़ी...

छमक ने कागज़ लेकर दो पंक्तियां लिखीं—

"मैं अभी भी उस पेड़ के नीचे खड़ी...पिछले जन्म से खड़ी...पर इस पेड़ को बौर लगता है, फल नहीं लगता..."

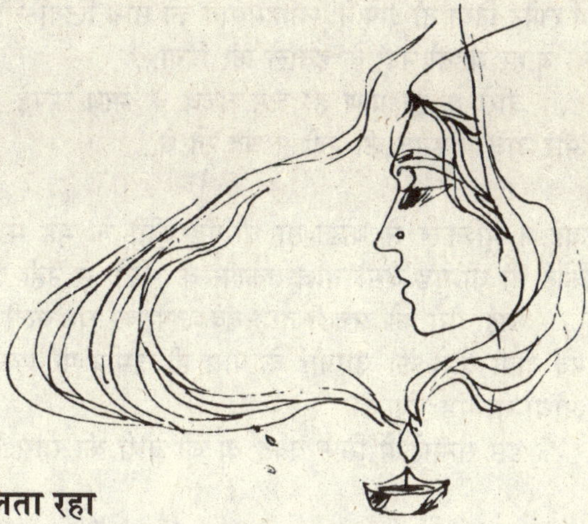

और दीया जलता रहा

काल इसी वक़्त संध्या होने लगी थी जिस वक़्तु वीरो को पीड़ा शुरू हुई। पर ज़रा ठहर-ठहरकर होती थी, इसलिए वीरो सहज ही उसे झेलती रही। अभी आज दोपहर बाद वह पीड़ा झेलनी मुश्किल हो गई थी। वीरो का रंग अब ज़र्द होता जा रहा था। दाई उसे कभी उठाकर कोठरी में चलने के लिए कहती, कभी बैठाती और कभी हंसकर कहती—

"बेटी, दुनिया इसी तरह बढ़ती है। यह तो सिर्फ़ मां ही जानती है कि वो कितनी पीड़ा झेलती है..."

वीरो दस साल से मन्नतें मांग रही थी कि किसी तरह वो अपने बच्चे का मुंह देख सके, नहीं तो उसे अपनी ज़िंदगी बेकार-सी लगने लगी थी। और अब वो समय आया था, इसलिए पीड़ा में ज़र्द पड़ती वीरो के मन पर अपने बच्चे को देखने का सपना सुर्ख़ रंग भी छिड़क रहा था...

बच्चा हुआ, लेकिन कमरे में एक सन्नाटा छा गया, बच्चा ज़िंदा नहीं था...

रिश्ते में लगती किसी बड़ी उम्र की ताई ने बच्चे को सफ़ेद कपड़े

में लपेट दिया तो दीपे ने एक हमसाये को साथ लिया और बच्चे को गांव के बाहर बहती नदी के हवाले कर दिया...

वीरो के तो प्राण ही जैसे बच्चे के साथ कपड़े में लिपट गए थे और अब क़िस्मत की नदी में बह रहे थे...

दाई ने मुश्किल से थोड़ा-सा घी-गुड़ वीरो के मुंह में डाला, पर अब कोई भी घी-गुड़ जैसी चीज़ तकदीर के होंठों पर नहीं रख सकता था...

दाई वीरो को अच्छी तरह ढंक-लपेटकर घर चली गई और घर का मर्द दीपा वीरो की चारपाई के पास ही ज़मीन पर एक चादर बिछाकर औंधा-सा पड़ गया...

इस सन्नाटे में सिर्फ़ वक़्त था जो वीरो की सांस गिन रहा था...

काफी अंधेरा उतर आया था, लेकिन दीपे को हिम्मत नहीं हुई कि उठकर आले में पड़ा हुआ दीया जला दे...

वो कुछ सोता-जागता-सा पड़ा था जब कोठरी में हल्की-सी रोशनी हुई। दीपे ने आंखें झपककर देखा कि आले का दीया जल रहा है, जिसकी रोशनी में एक छाया-सी दीवार के पास दिखाई दे रही थी...

वही छाया दीपे की ओर आई और रूमाल में बंधी दो रोटियां और थोड़ा-सा सालन उसके पास रखती हुई कहने लगी—

"कुछ थोड़ा-सा खा लो..."

उस वक़्त दीपे ने दीये की रोशनी में उस छाया-सी के चेहरे की ओर देखा, पहचाना, वो भागो थी...

भागो जिन क़दमों आई थी, उन्हीं क़दमों लौट गई और दीपा सोच में उतर गया—'भागभरी! तू फिर इस अंधेरे में दीया जलाने आ गई...'

दीपे की उम्र के कई साल उसके मन में उमड़ने लगे। यही भागो थी जिसे देखकर दीपे को जवानी चढ़ी थी, और जब उसने जाना कि जिस हीर की कलियां लोग बैठकों में गाते हैं, उसे लिखने वाले ने भी कोई भागभरी देखी थी, और एक कोठरी में बैठकर हीर का विरह लिखने लगा

था...

और दीपा भी उस किस्से की वो पंक्तियां चुन-चुनकर गाने लगा था, जिन पंक्तियों में भागभरी का नाम आता था...

दीपे ने जाना कि उस किस्से को लिखने वाला एक मुसलमान दरवेश था और उसकी भागभरी सुनारों की बेटी थी, हिंदुओं की—जिसकी ओर नज़र भरकर देखना भी एक कुफ्र खड़ा हुआ था...

ये कुफ्र तो उसके बाप ने भी हंड़ाया था। दीपे की मां जब दीपे को जन्म देकर इस दुनिया से चली गई तो जिस जमुना ने उसे गोद में खिलाया था, वो कुम्हारों की बेटी थी...

सारा गांव जानता था कि दीपे के बाप पर जब जवानी उतरी थी तो वो कुएं पर बैठकर गाया करता था—जमुना जल भर दे री...

दीपा जब कुछ बड़ा हआ तो उसने सुना था कि एक बार इसी तरह उसका बाप जब कुएं पर बैठा गा रहा था तो गांव की एक सयानी ने उसे कहा था—

"बेटा, जाटों के नाम को क्यों लाज लगाता है? कहां तुम, खेतों-ज़मीनों के मालिक और कहां वो, कुम्हारों की बेटी..." और दीपे के बाप ने हंसकर कहा था—

"मौसी! यह मैं नहीं गाता, यह तेरी गागर गाती है, जो कहती है कि मुझे कुएं में न डुबो, मुझे भरी जमुना पर ले चल..."

वही गांव की मौसी थी, जिसने हंसते-हंसते यह सारी बात गांव में फैला दी थी...

दीपे को तो बस इतना याद था कि जमुना जब उसे खिलाती थी, जाने चाक की मिट्टी गूंधकर आती थी कि उसके सारे बदन से भीगी-भीगी मिट्टी की सुगंध आती थी और दीपा उसकी चांदी की बालियों से खेलता, उसके कंधे से उतरता नहीं था...

फिर सुना था, कोई बूढ़ा बैली जमुना के बाप को सोने की कुछ मुहरें

देकर जमुना को खरीदकर ले गया था। तब गांव के लोगों ने जमुना के बाप को लानत दी थी कि उसने बेटी भी मिट्टी के बर्तन की तरह बेच दी...

फिर जाने क्या हुआ कि जमुना फिर से इसी गांव में आ गई थी, अपने बाप के दरवाज़े पर...और कई बार उनके घर आकर दीया-बत्ती कर जाती...

दीपा ख़यालों से उतरता-उतरता चौंक-सा गया—

"घर तो मेरे बाप का भी बना था, मेरा भी, पर ये घर जाने क्या होते हैं—बुझे हुए दीये जैसे, और जिस आग ने रुई की बत्ती को जलाना होता है, वो आग तो घर से बाहर रह जाती है..."

जमुना भी बाहर की बाहर रह गई थी, और यह भागो भी बाहर की बाहर रह गई थी...

और जैसे जमुना कभी-कभी घर में दीया जलाने आ जाती थी, आज यह भागो भी दीया जलाने आ गई...

और फिर दीपे को बरसों से सोई हुई बात जैसा कुछ याद आया—वो जीउणी याद आई, जिसे उसकी दादी हमेशा मरनी कहा करती थी।

बात तो एक आंधी की तरह उठी थी, लेकिन सारे गांव ने उसकी दादी से डरते हुए अपनी आवाज़ दबा ली थी। यह तो जुलैखा नायन बोली थी, वो भी तब, जब दादी नहीं रही थी। कहती थी—

"अरे, यह तो उसकी हिम्मत थी, जिसने घर बांधे रखा, नहीं तो घर की नींव कहां थी? घर की नींव तो जीउणी ने एक ही नज़र में हिला दी हुई थी..."

और जब कोई गांव की मनचली औरतें पूछतीं—

"अरी जुलैखा! वो बात सुना जब जीउणी ने दीपे के दादे को अपने लिहाफ में सारी रात छुपाए रखा था..."

जुलैखा नायन होंठों में हंसती और कहती—

"मरो री, आज पूछने लगी हो? जब दीपे की दादी ज़िंदा थी तब

तो तुम्हारे दांतों में जैसे ज़बान नहीं थी...”

वो भी हंसतीं, फिर कहतीं—

“अरी, तू भी कब ज़बान हिलाती थी?” तब जुलैखा कहती—

“अरी तौबा करो नी, तब बोलती तो वो जो मलवैन थी, मेरा घर-दरवाज़ा रहने देती? उसने तो जीउणी का लिहाफ भी नाखूनों से फाड़ दिया था और दीवारों को घूरती चीखती आवाज़ में बोली थी—बता री मरनी! तूने मेरे मर्द को इसी लिहाफ में डाले रखा था...”

गांव की औरतें इकट्ठी हो जातीं, फिर कहतीं—

“सुना है, दीपे का दादा जब उस रात घर नहीं आया था तो रिश्ते वालों ने सब कुएं-तालाब तलाश लिए थे, पर कहीं उसका सुराग नहीं मिला था...”

और जुलैखा हंस दी—

“सबके मन में तो खटकता था, पर जीउणी का लिहाफ कौन खोलता? अरी ख़ुदा ने जवानी भी तो जीउणी पर उंडेल दी थी। वो सिर पर मुकेश वाली काली चुनरी लेकर निकलती, तो लगता, आसमान से तारे उतरकर जीउणी के कंधों पर आ बैठे हैं...”

ये सारी बातें हवाओं ने भी सुनी थीं और दीपे ने भी...

और दीपे को याद आया, वो जब जवान हुआ, तब न दादी रही थी, न दादा, पर जीउणी अभी भी ज़िंदा थी। लाठी टेककर चलती थी। वो कभी रास्ते में जीउणी को देखता तो जीउणी उसके पास आकर उसका माथा चूम लेती, कहती—

“बिलकुल दादे पर गया है। वही खिला हुआ माथा, वही रंग, वही रूप, निगोड़ा हंसता भी उसी की तरह है...”

उस वक़्त अगर दीपा कह देता—

“बुआ, तू ठीक है न?" तो जीउणी उसके कंधे पर चपत लगाती, कहती—

“वे मैं कौन से रिश्ते से तेरी बुआ लगती हूं?” और दीपा हंसते-हंसते जीउणी की लाठी पकड़कर उसे घर तक छोड़ आता...

ये कितने ही वक़्त थे, जो दीपे के इर्द-गिर्द लिपट गए और उसका मन वैरागी-सा हुआ उसे कहने लगा—

"ये बेचारियां, जिन्हें घर मिले, उसकी दादी, उसकी मां और अब यह बेचारी वीरो, जैसी दुनिया में आईं, जैसी ना आईं...और वो बेचारी जीउणी, वो जमुना, यह भागो—गलियों में लाठी टेकती-टेकती खत्म हो जाएंगी, इन्हें कभी घर नहीं नसीब होगा..."